人文阅读与收藏·良友文学丛书

舒乙题

原丛书主编：赵家璧

特邀顾问：舒　乙 赵修慧 赵修义 赵修礼 于润琦

出 品 人：马连弟
监　　制：李晓琤
执　　行：张娟平
统　　筹：吴　晞 姚　兰
装帧设计：赵泽阳

特别鸣谢（按姓氏笔画排列）：
韦　韬 叶永和 李小林 沈龙朱 陈小滢 杨子耘
张　章 周　雯 周吉仲 舒　乙 蒋祖林 施　莲
姚　昕 俞昌实 钟　蕻 郑延顺 赵修慧
以及在版权联系过程中尚未联系到的作者或家属

特别鸣谢：
上海鲁迅纪念馆
北京鲁迅博物馆
北京大学中国语言文学系
复旦大学中国语言文学系
中国作家协会权益保障委员会

人文阅读与收藏·良友文学丛书

剪影集

篷 子著

中国国际广播出版社

良友版《剪影集》精装本封面

良友版《剪影集》编号页

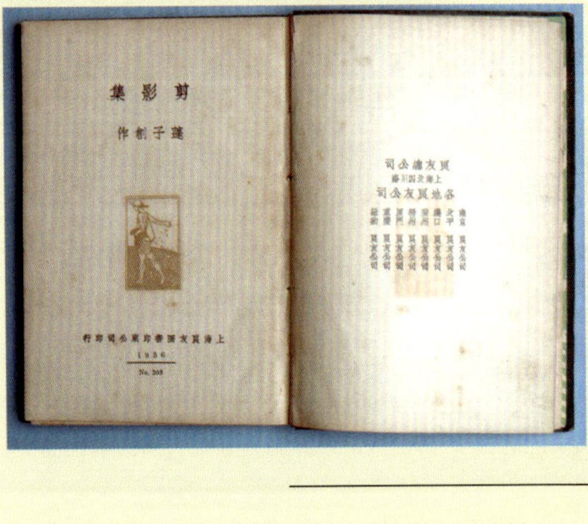

良友版《剪影集》扉页

良友版《剪影集》版权页和目录页

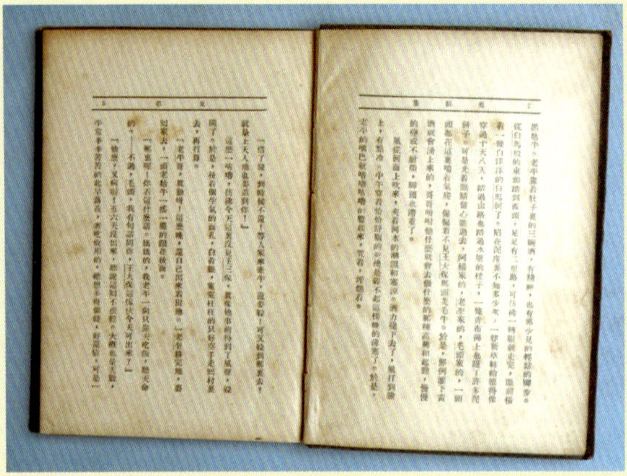

良友版《剪影集》内文

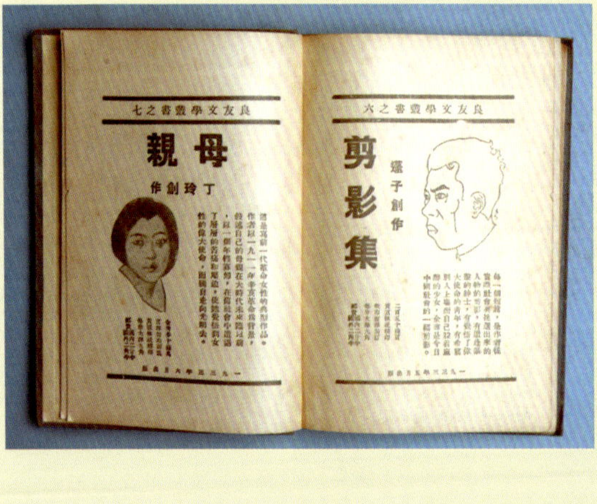

良友版《剪影集》广告（右）

《良友文学丛书》新版出版说明

二十世纪三四十年代，著名编辑赵家璧在上海良友图书公司老板伍联德的支持下，历经十余年，陆续出版《良友文学丛书》，计四十余种。其中三十九种在上海出版，各书循序编号，后出几种则无。该套丛书以收入当时左翼及进步作家的作品为主，也选入其他各派作家作品。其中小说居多，兼及散文和文艺论著；第一号是鲁迅的译作《竖琴》。丛书一律软布面精装（亦有平装普及本），外加彩印封套，书页选用米色道林纸，售价均为大洋九角。

《良友文学丛书》选目精良，在现在看来，皆为名家名作；布面精装的装帧更是被许多爱书人誉为“有型有款”。不可否认，在装帧设计日益进步的当下，这套出版于二十世纪三四十年代的丛书外形已难称书中翘楚，但因岁月洗汰，人为毁弃，这套曾在出版史上一度“金碧辉煌”过的丛书首版已然成为新文学极其珍贵的稀见“善本”。

在《良友文学丛书》首版八十周年之际，为满足现代普通读者和图书馆对该丛书阅读与收藏的需求，我们依据《良友文学丛书》旧版进行再版（四种特大本不在其列)。本着尊重旧版原貌的原则，仅对旧版中失校之处予以订正。新版《良友文学丛书》采用简体横排的形式，以旧版书影做插图，装帧力求保持旧版风格，又满足当下读者的审美趣味。希望这一出版活动对缅怀中国出版前辈们的历史功绩和传承中国文化有所裨益，也希望广大读者多提宝贵意见和建议，以便我们把日后的工作做得更好。

《良友文学丛书》新版校订说明

一、本丛书收录原良友图书公司编辑赵家璧主编《良友文学丛书》共四十六种（四种特大本不在其列），乃为目前发现且确系良友版之全部。

二、此番印行各书，均选择《良友文学丛书》旧版作为底本，编辑内容等一律保持原貌，未予改窜删削。

三、所做校订工作，限于以下各项：

（1）将繁体字改为简体字；

（2）原作注释完全保留；

（3）尽量搜求多种印本等资料进行校勘，并对显系排印失校者在编辑中酌予订正；

（4）前后字词用法不一致处，一般不做统一纠正；

（5）给正文中提到的书籍和文章及其他作品标上书名号，原作书名写法不规范、不便添加符号者，容有空缺；

（6）书名号以外其他标点符号用法，多依从作者习惯，除个别明显排印有误者外均未予改动。

目　次

兄　弟

一

一个二月的春天的傍晚。空气很清新，你走到田野上，便会闻到新抽的柳叶和嫩草的气息。太阳沈到山下了。可是天色依旧很明亮。白的云，没主儿的小船似的，在碧蓝的天空里，飘着飘着，像谁在那里划着桨。好天气，谁不想多做点儿活计，便是黄的牛，黑的牛，也不像平日那样到了这时候就放他去休歇，还得拖着一架又笨又重的大犁，再多耕个三分四分地。

可是，这许多耕牛中间，偏偏没有王大保家那一头，那一头秃了毛的黑牯牛。老平靠着肚子里的三碗酒，有精神，也有那少见的轻松的脚步。从白马坂的东头踏到西头，足足有二里路，可仿佛一转眼就走完，眼前横着一条白洋洋的白马河了。陷在泥洼里不知多少次，一双新草鞋给浆得像穿过十天八天，踏过山路也踏过水塘的样子，一条青布裤上也溅了许多泥饼子。可是光着眼睛留心瞧过去，阿杨家的，老奎家的，毛头家的，一头头都在这里喘着气爬，偏偏看不见王大保那头秃毛牛。于是，照例灌下黄酒就会涌上来的，哥哥吩咐他什么就会去做什么的那种高兴和起劲，慢慢的变成不耐烦，脚头也滞重了。

风从河面上吹来，夹着河水的潮湿和寒凉。酒力褪下去了，风打到脸上，有点冷。中午穿着恰恰舒服的夹袄是经不起这傍晚的薄寒了。于是，老平的嘴巴就咕噜咕噜的响起来，咒着，埋怨着。

“借了钱，到时候不还！等人家来牵牛，还要躲！可又躲到那里去？就是上天入地也要追到你！”

这么一咕噜，仿佛今天这里没见王大保，真像他事前得到了风声，躲开了。于是，扭着个生气的面孔，白着眼，冤冤枉枉的只好空手走回村里去，再打算。

“老平哥，真勤呀！这么晚，还自己出来看田地。”老奎耕完地，要回家去，一头老牯牛一摇一摆的跟在后面。

“那里呢？你看这什么话。妈妈的，我老平一向只靠天吃饭，听天命的。——不——毛头，我有句话问你，王大保这家伙今天可出来？”

“他么？又病啦！五六天没出来，听说这回不很轻。大概也是天数，平常辛辛苦苦的起早落夜，省吃俭用的，总想多几个钱，好还债，可是一个月里边总得躺上几天。——你找他有什么事情吗?”

老平不再答应。也不去听老奎的继续的叹息：“天也没眼睛，一个年纪青青的小伙子，叫他生上这有钱人家的痨损病!”现在人有了着落，脚步自然又轻松，冷风吹来也不觉得，只紧紧的向前走去。

到了王大保的茅屋前，天色已经很晚，是上灯吃饭的时候了。可是他家的两扇板门却虚虚的掩着，灯也没有点，望进去黑洞洞的。等到打开门，闯进里面，更是昏黑到什么东西也看不见。只听见一阵凄惨的喑哑的又哭泣的声音，但也突然停住了。接着仿佛有人在摸索着，大约是点灯。

等到点上灯，一个蓬着头发，红着两只核桃似的肿胀的眼睛的老太婆，王大保的老娘，抖索着手移过一条板凳，慌忙招乎老平坐下。

王大保躺在一张板床上。也没有帐子。只盖上一条破烂的薄被。头露在外面，蜡黄的，没有肉也没有血，甚至嘴唇也瘪下了。要是没有那口断断续续的呼息，正和死人的颜色一样。仿佛听见有人进来，勉强睁开了眼皮。看见是老平，心里想要招呼，可是那软软的脖子再也抬不起来，只动了动眼珠。

老太婆抬起袖口揩揩她泪水未干的眼睛，抽噎着说：“大保这老病本来一个月要发一次，不过不怎样，躺几天就会好的。这一次，一来就是大口大口的鲜血，一个时辰没有停，当时几乎把自己这老太婆都吓昏啦。以后一直五天咽不下东西，不是吐，便是昏昏的睡。想请个医生替他看看，又没有钱。昨天到观音寺去求了张佛签，吃下去也不灵。倘使万一有个山高水低，那怎……”话说不下去，眼泪又挂下了。大保仿佛听得不耐烦，无力的又闭上眼皮。

这一来，把老平也弄得心神撩乱，忘记自己寻到这里来的差事了。眼前是，一盏暗沈沈的惨绿色的煤油灯，一张霉臭的破旧的板床，一个呻吟着的垂死的病人，一个哀哭着的可怜的老太婆。于是老平什么话也不提，倒像一个来看病的客人似的安慰着老太婆：

“老姥姥，你不要急。一个人病痛总有的。只要躺几天，大保就会好起来……”

但王大保这时忽然又睁开眼睛，感谢似的，用疲乏的眼光望望老平，于是，心里更加难受，正说着的话忽然哑住了。低下头去，床前有一团湿腻腻的腥臭的东西，模糊在地板上。唔！意识到这是血！

“谢谢老平哥的金言！但愿皇天保佑，大保这孩子会马上健起来……”老太婆勉强的笑着。

要再在这里坐下去是不可能了。好像身上心上都有蚂蚁在抓着，怪不安的。于是，勉强模模糊糊的搭讪了一阵，便溜似的，慌慌忙忙的出来了。

走到外边，总算透过一口气，一颗怔忡着的心又安定了。于是，自己是来牵牛的，这差事也记起来。自己化了许多气力，跑了许多冤枉路，这倒满不在乎；只是怎么去交待哥哥呢？尤其是，寻到王大保后关于讨钱的事一个字也不曾提，这话说给他听准会发脾气！但是，但是，要自己说也说不出一个理由来，总觉这时候便是响一声也罪过的。

风很冷。路上没有人行走。一簇簇的瓦屋挤得紧紧的，在昏沈的夜色里联成一片。幽暗的灯光从窗户里漏出来，还可以听到屋内的嘹亮的笑声和谈话声，是大家都吃过夜饭的时候了。冷风打在脸上，不觉得。仿佛肚子也不饿。只脚步老踟蹰着，沈重的跑不快，虽然心里也想到哥哥也许等得心焦罢。

果然，哥哥已等得非常心焦。到了天黑还不回来，只好先吃饭。饭后两夫妻在厨房里喝茶，闲谈，也提到老平的没出息，做事老是懒洋洋的，不放在心上。看到他蹩进来了，哥哥就摆出一个做哥哥应该摆的架子和身份，沈下个脸，不高兴的说：

“你怎么弄到这时候才回来呢？牛牵来没有？”

一时答不上，踌躇着；可也终于迸出了两个字：“没有。”

“为什么呢？”冷冷的问。

老平要想解释，但怎么也解释不出来。眼前又浮起一盏暗沈沈的惨绿色的煤油灯，一张霉臭的破烂的板床，一个呻吟着的垂死的病人，一个哀哀哭着的可怜的老太婆，和那一滩湿腻腻的腥臭的血！

“你说，到底为什么？”

等老平化了许多气力，说出他那个可笑的理由的时候，哥哥只用鼻子哼了一声，冷笑着说：

“哼，你心肠真慈悲，会做好人！——不过一个人不要老是做傻瓜，也要张开眼睛看世界的；这时势，要是你身边没有钱，那个会来供养你！而且小云慢慢的大起来了，给他娶门亲事，也得先积个三四百块钱。不要老是一口黄汤灌下去，两只耳朵就软到像粉捏的，经不起三句四句的好话；别人只要哄哄你，就会老老实实的去上当！”

听着哥哥的埋怨，也不辩。嫂嫂要起来预备菜饭，也推说肚子不饿；其实是不想在哥哥家里吃饭了。等哥哥的气愤稍稍平一点，就慢慢的蹩出来，满肚子的不快活和不自在。

回到家里，小云正伏在灶边洗饭碗，洗筷子。看到爸爸回来了，就忙着问夜饭吃过没有。老平点点头，吩咐他温一壶酒。同时觉得这孩子，才不过十三岁，也算他够能干了；会种地，会砍柴，也会挑水烧饭，也会侍候爸爸。不过，哥哥的话也是对的，人大了，也得赶紧替他留心一门亲事。可是那里来的钱？自己是，不赌钱，不偷婆娘，一生规规矩矩，什么嗜好也没有；只喝口黄酒。难道就是这一口黄酒，把家境愈闹愈恐慌，手头也愈来愈拮据了？天晓得，于是，心里有点酸，看看这勤恳的孩子也实在太可怜！

二

自从那天受了一肚子闷气以后，老平就有半个多月没有上哥哥家里去的。本来这两兄弟，性情，脾气，行为，自来都合不拢的。虽然哥哥每年多钱，家道一天比一天的兴隆；可是他那盘剥的劲儿，一个直心肠儿的老平实在有些看不过去。每逢别人夸扬哥哥的时候，总是摇着头叹气：算啦，我宁可穷些！不过哥哥到底是哥哥，他又是一位地方上的大绅士，再加娘临死的时候再三叮嘱过，兄弟是拆不开的手足，就是大难到来的时候，也要两条命合成一条命；所以每逢春渔先生吩咐老平做事的时候，还不是照样的替他去做而且有时做得很周到，连春渔先生也觉得满意；虽然事后总要不快活好几天，黄酒也要没来由的多喝好几碗。

可是自从那天受了一肚子闷气以后，老平真的下了个决心：没有事，以后就不往来罢。反正分开人家，各人吃各人的，没个牵缠倒心里也自在些。哥哥的狠心肠儿实在看不入眼呢！

于是，没有事，便踱到徐茂公家里去坐坐。这老头子，年纪七十多岁了，头发也疏疏落落的没剩几根了；可是他天生的少年性儿，又是和老平一样的直心肠儿，因此两个人很说得上。不过这老头子境遇很悲惨：大儿子一直疯瘫在床上，老二被兵大爷拉去抬子弹，五六年没有消息，一家婆媳儿孙十一口，全靠徐茂公和老三去挣扎：因此无论怎样也周转不过来。

春天慢慢的更暖和了。今天又是一个好天气。僵了的树枝苏软过来，又挂上怪惹眼的嫩叶儿。一只啾啾啼着的麻雀，飞起了，树枝便跟着在明亮的阳光里颤巍巍的抖个不住。便是人，也只消穿件夹袄，手和脚都可以自由活动了。

吃过中饭，老平吩咐小云上后山砍柴去；自己照例的打上门，踱到徐茂公家里来扯白话。

这时徐茂公正在廊下扇着一个泥炉子，看见进来的是老平，就笑嘻嘻的顿着头：

“喔呀，我们的关老爷，又是面孔红红的，真好福气!”

“老叔，你我还说笑话吗？论福气，自然要算你。”

这话很中听，徐茂公很得意的放下手里的炉扇了。“老平，不是我自己说，论福气，你真输我远啦。就算老大一直病，老二又没有消息，我眼前还是儿孙满堂的很热闹。不过，”脸上忽然露出了一团寂寞的苦笑，“拆穿来说，其实也就是更苦!”

老平坐下了。泥罐子上盘旋着一阵淡白色的水汽，传到鼻管里，怪焦苦的。

“什么，谁又病啦！你不是在煎药吗？”

“还不是老大！昨天张聋子送了一料草药来，说得死里起身的灵验。我想，反正死马当作活马医，就让他试一试罢。”

这时院子里静悄悄的；只有四五只鸡，聚在一棵老柳树的脚跟，嗉着泥。太阳晒满了半个院子。鸡的羽毛映着阳光像镀上金，是怪惹眼地鲜明的。老平忽然悟到今天这里为什么怪清静的，原来一个孩子也没有看到。

“怎么，你今天家里的人呢？”

“我看看今天天气好，吃过中饭，就吩咐她们嫂嫂弟妇三个，分头看看山后那几垢麦田去，要培土的就马上培培土。后来几个孩子嚷着也要去。我就说，你们都去吧，我一个人在家里守老寨。”说到这里，这老头子叹了一口气：“看看这一家人总也算大家肯辛苦啦，可是怎么也周转不过来。”

“不要说你，人口多！就是我，只两个人，也有这几亩地，可是时时刻刻都很拮据。”

“真的，这不知是怎么回事！”徐茂公忽然又高兴，在一种愉快的回忆里展开笑容了。“老平，你也四十左右的人了，总该记得三十年前罢，那时候，我们村里家家都够吃够用的。后来，不知怎么一来，大家都生了干血痨，一年比一年的贫穷下来；到了现在，春天才过得半个，十家就有九家只好靠着高粱大豆过日子。老平，你也该记得吧，那时高粱是喂猪的！哈！”

“我怎么不记得！我还记得……”

两个人正说得投机又说得高兴的时候，有人进来了。老平抬起头，是哥哥，后面跟着那有名的泼皮癞头大郎。于是老平就不再往下说，抹下个冷冷的脸，偏过头，把眼光移到柳树脚跟的几只肥鸡身上。

“啊，春渔先生，你老今天怎么有空过来？不是来找老平哥的吗？”

春渔先生向老平看了一眼，也不招呼；就回过头，正经的说：“不。是为公事来的。昨天县里有命令下来，要征收自治捐，每个人半元，挨丁计算，限一个礼拜收齐，迟了就要我负责任的。徐茂公，你家里一共十几口？”

“什么，什么县里饲猪？出饲猪钱！”虽然春渔先生的话听不真切，摸不着怎么一回事；可是就只这一句，一个人又要收半元钱，就把徐茂公吓慌了，脸色也急得绯红。

“哈，走一家要解释一家，真要命！”

春渔先生这么咕噜了一句之后，正想把自治捐的意思向徐茂公讲解的时候，癞头大郎搀进来开口了。他扭扭眉毛，扭扭鼻子，像煞有介事的，搬不过来的得意洋洋的说：

“怎么，老徐，像你这样眼阔耳广的人，也会缠不清？自治，你懂么？就是县里有命令下来了，说现在是文明世界了，我们不可以再做奴才了，我们可以自治了。就是这么样，我们只要村里设起一个自治公所，就可以不用县里来管了。以后就是有官司事情，只要到自治公所去告诉一声，由委员老爷一议，就按个天公地平的判下来了。现在，老徐，你总听懂了。要你出的钱，就是做自治公所的经费的啰。”

“那末，这样说来，春渔先生，你是晓得的，我一向规规矩矩，不敢和别人拌嘴，吵架，用不着打官司的。我这一笔，恳求春渔先生给我豁免了罢！”

“公事公办，这岂可有半点猫虎！何况同时党部也有公文发下来！”春渔先生摇摇头，翻转眼睛不耐烦的望着天。

“对！党部！党部！”癞头大郎又扭扭眉毛，扭扭鼻子，尖起了嘴巴，嚷。

这一来，徐茂公抓抓腮巴，急得手足无措的，连一颗白发苍苍的脑袋也放不稳了。

“我们比不得别人家，春渔先生也很明白，有早餐没晚餐的过着日子，便是几角洋钿也很艰难，怎么拿得出这许多洋钱来……”

老平低着头听，一声也不响，可是肚子里已经老大的不舒服。再加看看老头子那副可怜的样子，红涨着脖子喘不过气，连眼泪也快要挤到外面来，全不像平日乐天知命的有说有笑的徐茂公了。同时又知道哥哥那老脾气，凡是上面拨下来的差事，一向是雷厉风行，没有磋商的余地的；徐茂公这一番诉苦，也断然不会有半句吹进他耳里。他实在坐不下去了。于是默默的立起身，也不向什么人告别，转身往门外就走。倒是哥哥看见老平出去了，便用沈重的声音在后面关照他："等忽儿你差小云送一块钱来，不要忘记。"

在转家的路上，心上着实像挂着一只七上八下的吊桶。十一个人，五块半洋钿，这老头子怎么逼得出来？自己手头又没有这许多现存的钱，可以借给他救急。哥哥又只晓得讨好上司，连别人的性命也不管的！唔，就算老头子自己拿得出来，也比挖去他心上的一块肉还难受！五块半洋钿，足足够他一家人两三个月的开销了，叫他怎舍得！于是，连老平的心神也弄得有些恍恍惚惚了。

"老平叔，你上那里去了？"一个亲热的声音把他唤醒过来。

是王大保。病后的脸色很憔瘦，紫里泛青的。头发又很长。穿着一件打满补钉的旧夹袄。肩上搁着重重的一担青柴，约摸有一百多斤罢。气喘喘的，仿佛走不动路。

觉得有点奇怪，怎么今天王大保不耕田去。正想问，可又忽然记起了，就是那一天，自己走后不久，哥哥就另外差人去把那头秃毛牛牵来了。于是，不禁面孔一红，觉得有几分不好意思，只支吾地说：

“转家去。”

“那天承老叔来看我，心里真有点过意不去！本想早就来谢谢老叔的，因为天天上山，所以一直不曾得空。”王大保索性歇下柴担，恭恭敬敬的说。

怀着不安的心情应酬了一会，老平就转家了。这时小云也已回来，打了一盆冷水，在洗脚。老平从肚褡里掏出三块热烘烘的雪亮的洋钿，皱着眉毛摩抚了一回；然后将其中的一块放在板桌上，另外的二块，仍旧塞进肚褡里去。

“洗好脚，你就上大伯家里去走一趟。要是大伯不在家，就拿这块洋钿交给大婶娘。”

三

第二天，老平不好意思到徐茂公家里去，就上麦田走走。嵌着大块的白云的天下面，看看这一坵属于自己的方块的田，这碧绿的张着肥大的叶的密密生着的小麦，老平就手轻脚松的拿起铁铲，工作起来了。过一阵，又靠着田塍坐下，歇歇力。回来的时候，太阳挂在西边山坳上，又大又红的，像一个血盆子，已经快到傍晚了。

春天一直闲，所以今天只做了这么一些些事情，只不过略略培了些麦泥，便觉得腰骨，背脊，都有些酸胀，一把铁铲放在肩上，也仿佛很沈重了。幸亏已近清明节，便是晚风也很和暖，倒提起了不少的精神。

回来必须先经过村外桑园旁一座小小的茅房，王大保家的门口的。这小子，平常真瞧不出他有这么一个好性情，也懂礼。反正时候还早，家里也是怪气闷，怪乏味的，乘便就进去坐坐吧。可是还没走到他家前面，老远就看到两扇板门紧紧的掩着。大概这刻还没下山来，这小子也真勤！那就不必进去打扰他姥姥了。于是也就懒洋洋的走过去。

可是忽然从这茅房子里传出一阵喧闹的声音，仿佛好多人在争执着；而且立即又静下了。唔，原来已经回家了。于是，老平也打住他那往前的脚步，而且蹩转来。可是，别人也许在家里商量着什么事情呢，那怎好冒昧的推门进去。

在门外踌躇了一会。想听听到底谁在里面，是否可以进去的。可是听过去，里面仿佛有许多人的声音，费了很大的气力，才勉强压低的，非常不自然不习惯的声音，在十分起劲的呢呢的谈论着。而且，连嗣民小学校里的王先生也在内；那一口沙沙的绍兴声音，不正就是他吗？于是，老平心里奇怪起来了：王大保这小伙子，平常很少有人肯和他往来的；而且这地方，又偏僻，又冷落，今天怎么会聚上这许多人，甚至连王先生也在内！

把肩上的铁铲倒竖在地上，手靠铲柄的仔细一听，事情是更糟了。老平的心禁不住噗噗的跳着；两个腮巴也发热了。

"………………………"

"……………………………"

"我实在忍不下去了！说做就做，我们没有什么屁事情再要商量的！我主张马上大家分头去召集人，他妈的，今天晚上就干！"是王大保的忿忿的声音。

"对啦！我赞成你！他妈的！这狗生活……"仿佛是毛头。

"不过，不过，我还有一句话要说。这件事可不是儿戏的。我们大家还得再想一想呢。万一果真闹下来了，要是以后县里派兵下来，我们怎样对付呢？这件事，这件事，可不是儿戏的，我们大家得事先商量好一个办法。"一个人嚅嗫着说。（唔，原来徐茂公的儿子也在内；这说话的不就是老三么！）

"乱说！——我们不是有那么一句古话：火来水淹，兵来将挡；他妈的，我们怕什么！"挑脚的拖油瓶斥责着。

"老三，你真会过虑呢？大概担心你那个巧媳妇儿，同你那头黑牯牛，怕兵大爷会来抓了去！"（听不真这是谁说的俏皮话，有点像，又有点不像阿羊胖子的声音。）

“不！不！我不是那样的意思……”

“你们不要争论，徒然嚷的热闹是不中用的。让我来发表一点意见。我觉得老三的这一层过虑，完全由于他没有看清楚我们这一次拒绝自治捐，决不只是黄村一个地方的反抗，而是全县的，甚至全省的，农民大众的一个有计划有组织的解放斗争的一部份。我刚才不是报告过么？东乡，西乡，南乡，都决定在这两天以内一齐发动。县里兵很少，总共也不过百把个保安队，真像拖油瓶所说的，我们怕什么！虽然他们有快枪，有木壳枪；可是我们也有我们的土枪，土炮，耜头，铁钯，而且我们有的是英勇的农民大众的血和肉！况且兵大爷也是穷人出身，个个都是农村里破产的农民，没饭吃，逼不得已才去吃粮的；而且吃了粮又老不关饷，仍旧度着饥寒交迫的生活，倒多了一个随时可以送命的机会。所以我们对于兵大爷不必怕，当然更不能当仇人看待的，而是要好好的向他们宣传，叫他们反正过来帮助我们，也就是帮助了他们自己。现在我们不要再争论这些枝节的问题了，大家好好的用脑筋想一想，怎样来有计划的布置明天的事情。”这是王先生的声音，坚决的，又充满了力的。

（刹时间茅屋里静到鸦雀无声了。只桑园里的嫩绿的新叶，簌簌的，在晚风里轻轻的响。）

“你们说，到底怎样布置呢？”王先生又热情的催促着。

“我倒有个想头在这里，我说，把我们的人分成三大股，一股到朱家桥去包围警察所，一股到陈埠去包围乡团。天没亮就出发，乘他们还睡着，就神不知鬼不觉的把快枪缴下来，另外的一股，就留在村里消灭土豪劣绅。”

“我完全同意得标的意见。不过还要补充一句：我们应该发表一篇宣言，说明我们这次斗争的意义和精神，并宣告土豪劣绅的罪状。”王先生沈重地说。

“他妈的！我说，第一个先揍死春渔那老剥皮，那狗肏的东西！”又是王大保，遏不住悲愤的自言自语着。

“……………………………………………”

“……………………………………”

老平中酒一般的，昏昏晕晕的听着。听一句话，额角上饱绽着的一条条的青筋，和胸膛里那一颗紧涨着的心，也跟着跳一下。此外什么感觉都没有。大概老平也被一时间过度的刺激和兴奋夺去知觉了。一直到王大保嚷着要揍死他哥哥，才忽地吃了一惊，两只脚本能地跳起来，澎的一声响，一把铁铲跌在地上了。

于是人也明白过来。同时被一种恐怖抓住了他的心：仿佛高山要崩下来，海水要淹上来，一阵飞沙走石要狂奔过来的样子。忽然间，满个脸孔都渗出急汗，气也喘喘的塞上喉咙了。接着横在地上的那把铁铲也无暇再去拾它，慌慌张张的拔起脚就往村子里飞奔。

这怎么了得呢！哥哥的性命就要完结了！明天一清早，王大保会带领了许许多多高大的汉子，拿着土枪，土刀，铁钯，耜头，打开大门，一哄的蜂拥进去，从床上拖出睡着的哥哥，用一根粗大的麻绳捆在廊柱上，这时哥哥的面色骇得像纸灰一样苍白了，抖颤着牙齿恳求饶命，可是王大保一声也不睬，只睁着一对杀气腾腾的眼睛，把他平常所做坏良心的事情，一件件的告诉周围的人们，说完了，就从腰边抽出一把雪亮的竹叶尖刀，嚯的一声刺进哥哥的胸口里，再往下一扳，于是一股急水似的鲜血飞迸出来，接着便流下涂满了血的肠和胃……

唔！这就是自己的哥哥！平常虽然和他合不来，但究竟是同一个娘胎出来的嫡亲的哥哥呀！娘临死的时候是怎样叮嘱过来的！娘是含着眼泪苦苦地叮嘱过的呀！那时娘快要断气了，挺在上房里的一张大床上，特地差用人把哥哥和自己唤进去，用她那已经散了光的蒙着两泡老泪的眼睛望望这一对亲生的儿子，转动着她的快要僵硬了的舌头，断断续续的说："……我死了以后……你们兄弟……千万要和和睦睦的……齐心合力的做人家……外人总是难靠的……亲兄弟才是拆不开的手足……我死了以后……你们要两个人拼成一个人，两颗心合成一个颗心……就是……就是……大难到来的时候……也要两条命合成一条命……要记住……我娘的话……那末……那末……我做娘的……在地下……也是……安心的……”

唉！这怎么好！怎么办法呢！马上去告诉哥哥，叫他星夜避走罢！但是他那个脾气，怎么忍得下这一口气，一个堂堂的绅士倒给王大保那伙人吓跑！要是不肯依，那怎么得了！那怎么得了！自己将来那有这么个脸皮去见娘！……

老平用尽气力飞也似的奔着；可是其实他的脚步却比平常都更慢，只是跄跄踉踉的蹷蹶着。黑夜沈下了，他仿佛全不觉得；旁边有人走过去，甚至招呼他，也没有听到。眼前晃起一阵模糊的血影：哥哥赤着身子绑在廊柱上，肚子已经破开了，血伴着肠流下来……

奔到自家的房子里，就跌似的往一把椅子上扑下去。接着就嚷：

“酒，酒！拿酒来！拿酒来！”

小云先是一怔，怎么今天爸爸弄出这么一副奇怪的样子，光着眼睛向半空里钉着，一动也不动，怪可怕的。一时倒不敢开口。但大伯已经来过三次，最后一次甚至骂人了，那这事怎么再能挨下去。于是胆怯怯的走拢去，轻轻的说：

“爸爸，大伯来过次三了，叫你回来马上就去，有非常要紧的事情和你商量。要你酒也不要喝，马上就过去。”

“什么！什么！”老平跳也似的站起来，椅子也被他踢翻了。

就在这时候，大伯又进来了。皱紧了眉毛，拖着个铁青的脸，显然是怪不安的样子。看到老平已经回来，他便连“你上什么地方去鬼混了这许多时候”这照例该有的小小的责备也不说，三脚两步的抢到老平前面，急急地说：

“你知道么，村里已经不得了！那些狗肏的东西，受了嗣民小学校那姓王的混帐的煽动，借口拒绝自治捐，预备明天早晨就要暴动。傍晚我已经派癞头大郎上县里请兵，大概四更天气准得赶回来，不过那些狗东西很难说，也许今夜就会胡闹起来，我不能不有个预备。刚才我叫小麻子去召集我那些佃户，想成立一个临时的民团：谁知那些狗东西个个都是黑良心的，非但不肯来，倒把小麻子打得个半死的。这样一来，反而弄得风声愈紧了！我自己又不能走开。要是一走，村里马上会闹得一塌糊涂，第一个倒霉的就是我的家里。——不过现在大概总还不妨事。现在你拿了我的信，马上就到朱家桥去，请张所长把所有的警察派来——先拿姓王的混帐开刀，做个下马威，也好叫那些狗肏的东西寒寒胆。等县里的大队一到，他妈的，把那些狗东西杀他个鸡犬不留，也好出出我这一口冤气！——现在你马上就去，不要误事。”说完了匆匆忙忙的就走；可是到了门口，又回头重新郑重叮嘱了一句：“你马上去，不要误事！”

老平跟着也跄跄踉踉的出去了。两个人的路是分头的。天已经昏黑了，也没有拿灯笼，沿着白晃晃的石路茫然的走着。现在老平的慌乱的心又被另一种恐怖抓住；眼前仿佛横着许多血肉模糊的尸首，绊住了他的脚。

天！这又怎么回事！自己怎么好到朱家桥去报告！要是警察一来，便马上会拿斯斯文文的王先生开刀，这成什么话！而且，到了四更天气，癞头大郎会带了许许多多兵大爷从县里下来。于是，这就更悲惨，那怎么得了！兵大爷一定会不分皂白的，杀人不怕血腥的，深更半夜的杀起来。到明朝天一亮，村子里就躺满了许许多多的尸首：有的砍下了半个脑袋，有的流出了肚肠，有的血肉模糊的剁成了肉饼子，有的只劈断了一只胳膊，还在可怕的叫着！在路上，在大树下面，在茅房子的门前，在菜园桑园里，到处都躺满了尸首，流遍了血……而且，这也一定的！天！这真怎么说！那时候哥哥心里一定很得意，瞧着这些尸首呵呵的笑着！……

而且，而且，这许多尸首中间，一定有王大保，老三，毛头，拖油瓶……这些都是村里最勤恳的好百姓呀！平常不分热天冷天，都是起早落夜的做着，挣碗苦饭吃吃的。待别人，也都是顶忠厚，顶和气，只会吃亏，不会得罪人的。天！这可怎么成！把村里这许多好人都冤冤枉枉的送进枉死城里去！

而且，而且像老三，要是他一死，啊呀！徐茂公这一家人也都活不成了！这老头子，他自己说过，一生最怕的就是见官，见绅士，见兵大爷。要是今天黑夜里兵大爷闯进他家里去，这一急，准会把这老头子当时翻了眼昏过去！等到他醒过来，兵大爷果然不见了，可是，天！他的老三已经剁成四五段，血肉模糊倒在廊下！媳妇们都围在老三的周围，抖着，号啕着。于是，这也是一定的，这老头子呆呆的一句话也不说，就一头向廊柱撞过去。这一来，就是不死，也准定变得疯子了。而且像王大保的老娘，毛头的瞎了眼睛的祖奶奶，阿其的哑巴老婆，许许多多的女人，小孩，就是没有被兵大爷剁死，也一定会在一二天内自己寻死的！就是没有寻死，以后也一定会饿死，冻死的！……

但是自己又有什么办法呢！哥哥的坏心肠儿是顶狠的，你说烂了舌头，甚至哭着求，跪着求，也不中用！

天，怎么办呢？——而且，就是自己不去报告，一等到四更天气，兵大爷就从县里杀下来，这么得了呢？……

……………………………………………

昏昏晕晕的走出了村子，正是老平慌乱得没有办法的时候，忽然下了个决心，紧紧的咬住牙齿，睁着一对发光的眼睛，站住了。

天！我只能这么办！我只能这么办！于是老平拿手掌向胸膛一拍，在昏黑的夜里发疯似的喊了起来：

"娘，你听着！哥哥恶也作够了，就是死了也冤不得人！我是万万不能够再帮着哥哥作恶的！——哥哥虽然是自己的亲哥哥，可是他是顶坏顶坏的一个人，而且是村里所有老百姓的仇人！他们平常吃着哥哥的苦，连气也不敢喘一声。现在活不下去了，要起来和他拼个命。这是对的！我怎么能帮着哥哥去作恶呢！而且我也是一个苦人，我同他们是合着一条苦命的。没有他们我也活不下去！——娘！你不要这作恶的儿子罢，我也不要这作恶的哥哥，现在我要去告诉王先生，县里的兵就要杀下来，叫他今天晚上马上就干！”

接着老平就回过脚步，向嗣民小学校那方向飞也似的奔着。

意 外

槐三先生拖长了下巴，独个儿闷在客堂里。看看太阳又从西窗边打斜，慢慢的落到窗下，整整的一天又快完了，得福老头可还没回来。难道半壶酒，一盆鸡，几句花言巧语，灌得这老猢狲人事不省？还是和去年一样，又闹了什么乱子？鬼晓得！

闷不过，一个刚放下的白铜水烟筒，又伸手捧过来，燃上了一个纸煤。满地都撒满烟蒂了，新的又吹下去，满屋子都滚满了灰白色的浓雾。像患热病的无力的又焦躁的呻吟着，从两个干躁的鼻管里不断地“唔唔”的哼出个怪难听的声音，槐三先生捧着水烟筒在房里来回的踱八字步。低着脑袋，皱着眉毛，失神似的光着黄里泛白的眼球，仿佛向地板生气。踱着，踱着，一不留心，他的秃头忽然撞到一根床柱上。疼痛倒不觉得，只一惊，几乎水烟筒都摔落了。

于是心境更撩乱了。也不管纸煤还在烧，拿水烟筒往条几上一掷，“噫”的一声响，客堂里起了一阵空洞的回声。这时一只小花猫刚探头进来，给一吓，又夹着尾巴悄悄的缩回到廊沿。他也便一肚子的不高兴，去躺在一张藤椅上面。

“唔，去年荒，还说得过人情；要是今年再啰嗦，那还了得，岂不是连国法都没有么！”梦呓似的，从牙齿缝里自言自语的咿呜着。

可是又不敢真想到这上头去，真像一个生病的人在黑夜里走路，怕鬼，又怕想到鬼。“没有的事！没有的事！一定老头又给灌醉了黄汤！”

“爸，爸。”忽然藤椅旁边嗡嗡的响了起来。懒懒的睁开眼皮，毛囡光着眼睛站在身旁。

“吵什么？”

“妈，妈叫你去。”

“什么鬼事情缠不清，一天到晚没有个完结的时候！”气冲冲的一骨碌从藤椅上坐起。

可是妈妈这时候已经站到他面前了。一个冷冰冰的脸，仿佛预备和他来吵架的。

“钱拿出来，阿炳哥今夜搭夜航船到杭州去。”

钱，钱，什么都要钱，地埂费，田亩捐，自治捐，保安捐，省公债，……一笔完了又一笔放到眼前来，要短少一文也不饶放的。租谷呢，要欠，要减，年年有花样，而且谷价又贱！这时势，还要缝什么新衣服！正想发脾气，可是一抬头，妈妈却翘着嘴巴在那里等他拿钱出来。这女人，越老越不懂事！可是你和她讲理也没有用，她总把当家的看作一个钱柜，里面装满了许多钞票，只是不肯给她。每一回都又凶又泼的要吵到你头昏脑涨。

“好好，夜饭吃过来拿。”槐三先生又去捧起水烟筒。

妈妈还叽叽咕咕的唠叨着，可是看看爸爸今天的脸色也不对，只好携着毛囡出去了。

“等我回了老家以后，看你们可还有这本领能够浪费浪用！”在后面吁出了一口气，满口的烟模糊地弥漫在眼前。

得福老头气喘喘的回来了。焦急到进了门连招呼也不打一个，便一直往客堂里奔去。

是傍晚了。在这八月末的秋天，没有阳光，房间里便显得几分阴沈，也有几分凉。老头一屁股坐到椅子上，直着眼不开口，只透不过来的透着气。一个光秃秃的脑壳，也仿佛还冒腾着稀稀的白雾似的东西。槐三先生巴望到此刻，只在等候老头的回来，现在见到这副怪样子，倒也一时间楞住了，不知怎样开口。

“完啦！完啦！”老头压扁了嗓子怪声的嚷。可忽然间人又安静下来，恢复他的常态了。慢慢的站起身，垂头丧气的踱到主人面前，没气力的，低声的，凑在槐三先生耳边说：

“二先生，光景不对呢，比去年还更糟！——我先到阿狗的家里，正是中饭边，阿狗嫂也不像先前那样捧着一壶热酒巴结我，倒叫我一个人在灶间里。等到问起租谷，二先生，你也万万不会料得到罢，阿狗就扳起一个无赖的面孔，说今年虽然稍稍熟一点，可是最多也只能缴个对折，余多的要养家。后来接连走了六七家，都是一个屁眼出的气！我拍着桌子发气了；他们也不怕，反而只笑笑。——二先生，你不要急，让我把他们那些狗屁话传给你听听。”

“你说，你说！快点！”

“二先生，你知道他们说的什么狗屁话！他们说谷子是自己用气力换来的。一年到头吹风淋雨晒太阳，便只收割得这么几箩谷子。要呢，打个对折拿回去；不要呢，那最好，留到明年春间，一家老小也好少吃几顿糖糕。而且，真是狗屁之极！还说这老剥皮，就是说你二先生，一向不知刮去了我们多少汗血的谷子，现在明白了，不愿意再做这傻猪猡，拿自己的肥肉去喂人。而且，真是岂有此理的！还说要打倒……”

“嘿！什么话！那还了得！”槐三先生霍地跳起来，接着嚏的一声响，两只脚又直挺挺的落回到地板上。要是此刻水烟筒捧在手头，那保险摔成了一只扁铜鸭。

“哎，反啦！反啦 ！——十八年省政府明令减租，也只不过说说，减个二五，事实并没有实行！今年大熟年，想只缴个对折，那还成什么话！——好！要打倒我！看！到底谁打倒谁！……”

话说不上了。脸色气得铁青，铁青的。十个手指索索的抖着。牙齿也格格的战个不住。中风似的，颓然地倒在藤椅上。

得福老头也着慌了。觉得自己不该这样大意的，一口气，冒冒失失的把那许多狗屁话都传给老东家听。也难怪老东家气到这模样。幸而嘴巴算有分寸，留住了那句话；要是一不留心连那一句话都迸出来，那不是会把他活活的逼死！这些没良心的佃户们，真是该杀！倘使自己现在有权在手，那一个个都剐光他！

现在，你看槐三先生一只死虾蟆似的躺在藤椅上，喘得上气接不住下气，还有一口浓痰在喉头咽碌碌的打滚，甚至连鼻子也无力的搧个不了。唔，要是气出一场大病来，或者竟有个山高水低……那可怎么得了，这责任自己还负担得起！得福老头也急得人发昏了。

“二先生，二先生!”把嘴巴哺到老东家耳边，轻轻的又提心吊胆的唤着。

可是这口浓痰终于咽下去了。人也清醒过来。坐起身，夹着叹息的摇了一会脑袋。接着，吩咐得福老头把水烟筒捧过来。

在这阴暗的房间里，这本来瘦弱的槐三先生的下巴，显得更尖削，更拖长了。眼瞠也一时间陷下不少。仿佛病后才起来的样子。

刚才那股暴躁的火气慢慢消失了。倒是被一缕半愤怒半忧愁的闷气塞住了心。觉得今年第一趟派人去收租，就碰到那些恶虫的捣乱；要是不惩办，以后五百亩地的租谷还会有影子？而且，多放肆，说那些屁话！这口冤气真怎么咽得下！不过，你们虽有这赖债的胡赖本领，自己可也有这讨债的阎王手段。唔，让老爷放出通天的手段来，准这么办罢。叫保安队明天一清早就到西公庄去下乡，把那些恶虫一个个的捆来，也好叫别的佃户寒寒心。而且要关照保安队长拿为头的几名结结实实的做一顿，也替自己出口气！要不然，自己年年化这许多什么捐，什么捐，缠不清的捐，好处在那里？就是这类差事他们会干得巴结到你心窝眼儿里。于是，主意一打定，心便宽，精神也忽然振作起来。

“老头，这事你干的，你自己说罢。难道让那些恶虫白白的赖去吗?”又是元气十足的镇定的声音了，态度也变得从容，大方，而又庄严。把一口浓痰吐到空中；跟着这一团灰黄的浓痰，看到了得福老头那怔忡不安的愁苦的面孔。

“那当然，二先生，要重重的依法严办。可是……”不知怎么说好。要待不说呢，等将来事实拆穿了，这个大钉子可没人受得了的；而且也没有这理由，事前知道了不告诉老东家的。要是坦白的说，这一气，老东家又会昏过去，这可不是玩玩的事情。

"'可是'什么呢？不要扭扭怩怩的像女人家说话。"于是抬头向窗外瞧了瞧，接着便撅起嘴巴，"你去把洋灯点起来罢。"

答应着，便点上洋灯。在明亮的灯光里，槐三先生用催促的眼光等候着老头的回答。可是老头还是嚅嚅嗫嗫的：

"二先生，我真不好意思直说。"

"你放胆说，不妨事的。一切事，自然有我会承当的。"这时毛囡进来问开夜饭了。一瞧见，便又记起刚才母女两个的那股啰嗦的讨厌劲儿，于是没有好声气的回答着："出去，要开夜饭自然会叫唤的。"

"那末，二先生，你听了可不能动气的呢。"老头勉强鼓起了自己的胆量，冒险的喃喃说。"我到西公庄跑了五六家，看到每个佃夫都说的那一套屁话。我就知道这里面一定有人捣鬼的！后来仔细一打听，原来他们是存心抗租的；而且做头的，就是，就是二先生的，二先生的令侄谷刚……"

话没有完，不知怎的心就噗的噗的跳起来。于是便忙着偷瞧老东家的脸色，变了没有？果然，两个鼻子管翘得高高的，唔唔的哼出大气来。而且刚捧起的水烟筒也呆托在手里不吸了。不过，幸而这一回人可没有瘫下来。只是把两道疏疏的眉毛尽往中间挤，几乎挤在一起了。闷过了好一会儿，方才摇头叹气的说：

"这逆子！这逆子！十八年我看家兄的阴灵面上，不忍他断嗣绝种，才好容易辗转托人去保了出来。那知道，他的贼心至今未改！"

得福老头的这一颗心专一的看护着槐三先生的脸色。看到槐三先生把嘴巴一翘，懂得老东家这吩咐的意思，便连忙去抓了一根纸煤，擦上火，恭恭敬敬的捧上，槐三先生站起来在房间里兜圈子，脚步沈重而又迟缓。大家沈默着，被一种奇怪的严肃的空气窒住了呼息。只灯光怪明亮的，吐着快乐的火焰，真有点惹眼到看不过去。老头把灯光略略摝暗一些，才爽眼了。

"你说，怎么办呢？这逆子！这逆子！"槐三先生忽然自言自语的说着。然而老头是理会这叹气的：这时老东家正在气愤，发急，又为难，又没有办法；同时老头也想到养兵千日，用兵一时，这可不正是需要你做下人的凑上去替主人解围的时机。

办法是有的。当时路上便想了一个锦囊妙计。擒贼先擒王，只要放出那一手，包管那些坏痞子以后个个都贴服。只是不好说。可是你又不能老哑着，光瞧着老东家那副为难的劲儿。老头只好当作没听见；看看纸煤快完了，便又燃上一个新的捧过去。

接过纸煤。可忽然又把纸煤和水烟筒一齐放下了，"咳，老头，你看怎办？这逆子恩将仇报，居然和我捣乱!”

不知道怎的忽然老头胆大了。也许这样一个锦囊妙计梗在肚里也怪不舒服的。他把嘴巴哺到老东家耳边:“我想,令侄不妨吓他一吓,明天请保安队送到县里去。那末,蛇无头不行,一天大事便烟消雾散,那些坏痞子也不敢再强硬了。这是我的鄙意,不知二先生以为怎样?”

“我想,也只有这样办!真是家门不幸,会生出这样的逆子!不过,我总觉得有点对不住地下的家兄家嫂,他们辛苦一世,只留得这么一个孽畜!”

“那也不见得。如其留个祸根在世上作恶,倒不如没有,大先生睡在地下也好安心些。”这乖乖的老头多会看风色,瞧见槐三先生边听着自己的话,边顿着下巴,同时眉目间那种气色也舒畅了不少,知道自己的话一句句都打中老东家的心窍了;于是嘴巴自自然然的变得更伶俐,更进一步的巴结到老东家的心窝眼儿里去。“二先生,这个我也懂得,眼看嫡亲的侄子作歹作恶,你做大人的自然也怪心痛的;不过,二先生,恕我老头说句狂话,像这样乱纷纷的时势,你老人家也不该再婆婆心肠的对待本家了。就单只为了地方上想想,你做村长的,也该出来承当这一个担子。”

真的,得福老头的话一句句都中听,槐三先生这才松过一口气,心上放下一块重重的石头了。觉得老头到底是个伶俐鬼,一箭便射透了自己的心思。而且亏他说出那么许多大道理。真的，要是他不开口，自己一时倒不好意思说出来？虽然这坏胚子近来兴风作浪的专做坏事情，累得许多绅士都来登门告诉，而且就是为自己想想，也正该想法拔去这眼中钉；可又到底是嫡亲侄子，又是分开人家，你怎能凭空的去撩拨他？好，现在来了这么个机会，恰巧又是老头出的主意！这可真做鬼也冤不到自己！于是把西公庄那些痞子赖谷的事情反而忘到脑后了。他闭着眼睛沈吟思索了一会，接着便摆出个正正经经的脸，装着忧郁的样子嘱咐老头：

“我想，这逆子，要是将来万一有个山高水低，也只好怪自己不争气；我做叔叔的，老头，你才晓得的，总算尽过人事，十八年替他保释过一回，就是做鬼也对得住地下的家兄的。——那末，现在老头，这件事我就重重的托咐你了。事不宜迟，你今天星夜就到县城里去辛苦一趟罢。”

“当然当然。——二先生，你不要瞧我的老腿瘦，只要是你老人家的吩咐，就是跑个三天三晚路，它也不会叫声酸疼的。哈，你可信？”得福老头总算也放宽心事，笑也有，笑话也有了。

可是槐三先生却还没有到这真好开心的时候呢。他又自家踌躇了一会。接着，便这么郑重地补充着：

“不过，老头，第一，你千万，不要事前走漏了风声。那小子的两只毛腿可真会溜，又到处有路走。第二，我仔细想想，觉得县里最好还是由你出面报告。”

“好的，好的。我就依照二先生的意思去行事罢。”得福老头知道老东家一向就这么个脾气，凡事都怕出面。就是十八年去保谷刚，这是二先生生平最得意的一篇好文章，可是谁不知道实际上还不是为了谷刚就要罪满开释，落得做个顺水人情，才出面托人去保他呢！不过此刻自己可不好推托，而且，也不想推托，为的干完这件大事，一番小小的酬谢，那是一定会给他的。

现在槐三先生才觉得天色已经很晚，踱到房门边，瞧见檐角上面影着许多朦胧的星星。于是肚子也开始咽碌咽碌的叫着，是非常的饥饿了。他就站在房门口大声的叫喝着：

“快点，夜饭开上来！”

这一餐夜饭吃得非常有味，比平日多加了半碗饭，不过晚上可始终恍恍惚惚的没有好好的睡着。

打发得福老头出门以后，本来心境宽舒，眼界也清明了。可是妈妈又进来冤了一场，硬巴巴的冤去了廿块钱。到夜里，这女人又一翻身便呼呼的睡去了。槐三先生的小肚子有点胀，身上又痒痒的很难受，在枕上翻来覆去的闹得脑筋也慢慢的发涨了。再加外面风很大，狗声又凄厉，在黑夜里听去，仿佛真像有冤鬼在那里啼啼哭哭，叫人想到自家的亏心事上去。听着听着，不觉打了一个寒噤。于是，这么一来，不知怎的变得很清醒，竟一点睡意也没有了。

探头到帐外瞧瞧，虽然一片模糊的昏黑，仿佛也有些微的白光从窗口漏进来，阴惨惨的。于是又把脑袋飕的缩回被窝里。

接着，便听到一阵凄凉的竹梆声，在夜的静默里，当当的从村头敲过来。唔，已经二更天气了。蓦然间，想起得福老头该早到了城里罢。

对，吃过夜饭到现在，整整的三个钟头过去了，得发老头该早已会到保安队长罢。也许见到自己的名刺，陆国雄队长就星夜带队下乡来；也许要等到明天早晨才动身。不忙，最迟明天中饭以前就会见分晓的。不过，谷刚这逆子果然是该死，村庄里面的绅士们可不能不马上邀一邀，说明一说明这回事情的经过。可是怎么说法最体面又大方呢？当然，这是为了合村的福利和平安，自己才含着泪忍着心痛来做这一回大义灭亲的事情，如得福老头傍晚所说的！不，这还是不妥当！这是一个不好听的话柄！要周到，还是仍旧由老头出面，说是听到许多人的报告，又经过一番详细的调查，才知道谷刚这痞子确实勾结了土匪，还预备在村子里暴动。于是不得已只好事前毫不声张，悄悄的去城里密告；虽然动身的时候曾经来禀告过自己；而自己不得已也只好同意，当时还不知流过多少痛苦的眼泪！大滴大滴的，夹着怨愤夹着叹息的，痛苦的眼泪！——对，要这么办法才完全放心得下呢。

于是，在这黑洞洞的帐子里，这老成阴谋的槐三先生非但不想睡觉，甚至变得异常的高兴了。哈！要打倒我！明天看，到底谁打倒了谁？到底谁的性命了结在谁的手里？要是以后有人再敢那么嚷，那不等他嚷出声，便送他回老娘家里去打倒他的妈！哈哈！……

兴冲冲的得意的又胡乱的想着。想到这，想到那，想到谷刚这傲小子到牢监里还一定瞧不起自己，不会有信给自己；就是有信来，一面悔罪，一面就恳求自己去设法营救，那也当然不理睬；想到以后就是遇到荒年，那些佃户也一定会十足的把谷子担来；最后想到谷刚那份产业，那当然归自己。一直到三更天气才朦胧的闭上疲倦的眼皮。

可是过不了多久，秉良先生和志雄先生进来了。一见面，便弯躬曲膝的打拱。同时两个人一齐满脸堆笑的说：

“恭喜你，老二，替我们地方上除了一个害虫。”

“不，不，……”红着脸，正想辩明这是得福老头干的事，自己因为没办法，不要你家里养出了这样一个十恶不赦的逆子，所以也只好同意的时候，秉良先生忙着又拦住他的话：

“不过，我们有点小事情要和老二商量商量。”

“好的好的，你两老有什么大事要吩咐我？”见到别人那么客气，槐三先生也只好笑着说。

“就是从前大家提过的，”志雄先生搀了他的手。“因为近来四乡不安静，我们乡里最好也能够办一个民团，不过因为没有固定的经费，就一直延搁下来。现在我们两人商量过，其实合村人都同意的，就是令侄谷刚已经判决无期徒刑了，他那份家产没人管理，不如捐出来充作民团的经费。我们就为这点小事情，来和你老二商量商量的。”

“而且，像你老二那样大的财产，倘使村里不弄个民团守卫守卫，每天走路也要提心吊胆的，不是么，未免也太辛苦了。”

像一盆冷水浇到头顶上，这一来，真是从天空掉下一个意外的岔儿！嚯，原来这两个长手物打算要在自己口袋里揩一笔油水去，图谋瓜分这一注自己已经到手的财产！那可怎么成？于是槐三先生只好沈下脸来，冷冰冰的说：

“本来不必你们二老开口，捐给公家也是应该的。不过家兄留下的几亩薄田，差不多被谷刚这逆子挥霍完了；就是现在剩下的一些些，也因为家兄的庐墓荒芜日久，要好好的替他修理，收拾。所以二老的这番美意，做小弟的只好心领了。”

不料这肥肥的一盆肉，槐三先生竟悭吝到一毛也不拔，连油水也不让人沾光些，这二老便大失所望了。于是也立刻翻下脸，生气了。先是秉良先生冷笑着说：

"老二，做人也要自己知趣的，好花全仗绿叶扶持，不要以为一有钱，便一定也有势！——本来反动份子的遗产照例一律充公，用不到先瞎关照你；我们今朝来和你商量，也是抬举你，那知你一点也不识相！"

"哙，秉翁我们走吧，我们可没有这多闲工夫跟他瞎缠。我们倒要看看他可有这天大的本领，竟敢目无国法，窝藏反动份子的赃物！……"

"什么话！什么话！……"槐三先生直着脚发跳了。可是看到这一对地头蛇竟头也不回的走出去了，心中又忽然生了反悔。这两位臭绅士一年四季多半在衙门里厮混的，冲撞了他们，你以后就不会有个干净的日子。眼见得许多忠厚安分的人家，就被他们一手安排得家破人亡！今朝既特地登门来寻事由，怎好一时糊涂，连点小费也不应酬，就说僵了。心一急，额上绽出黄豆大的汗粒来，眼睛也忽然睁出了。

太阳已晒满半张床，热烘烘地，灼得皮肤怪烫的，又怪燥的。伸手摸摸自己的额角，果然湿腻腻的黏着许多汗水。想想刚才梦里受人欺侮的情景，虽然未免还残留着几分气愤，但也觉得好笑。时候已经不早，就披着衣服下床了。

洗过脸，吃过早餐，又料理了一回杂事，槐三先生便坐在廊下看申报。绑票，暗杀，年青女子跟人逃走，流氓拆梢，电车工人大罢工，学生散传单被捕，翻来翻去，满纸都是些不入眼的狗屁事情。可是忽然在《自由谈》旁看到一条大号字的广告："诸君看报至此，虔诵十声南无阿弥陀佛，功德无量。"这倒很合槐三先生的脾胃，于是就恭恭敬敬的默念起来。

念完经，放下申报了。接着便抬头瞧瞧天，太阳已快到天中心，快中饭边了。唔，怎么回事情，老头到此刻还没回来呢？一想着这桩事，槐三先生的心头又像蚂蚁爬上了热锅子，两脚放在地上，也仿佛没有一个着落。于是拐着脚踱到厨房去问妈，早晨自己还没起床的时候，可曾看到得福老头回来过？好像昨天的余气还没消尽，妈只睁着白眼，冷冷的回答："不晓得！"讨了这一个没趣，把槐三先生又扰得很不舒服了。

怎么回事呢？怎么回事呢？难道陆队长没在县城里，会不到？或者这老头又出了什么岔儿？回到客堂里，口问心，心问口，也问不出一个大道理。正没法消遣这心焦，想捧个水烟筒，好有一口没一口的挨挨时间的当儿，隔壁德公公涨着个红脸奔进来，气喘喘的急不过来的说：

"二先生，你快走。从后门，避一避风头。"

德公公伸出个瘦黄瓜似的大拇指，往后而急急的抖索着，意思是叫他打后门快走。

这一来，又把槐三先生摔到梦里去。什么事？什么祸事呢？这直心肠老头儿也急到脸变色，该不是家里又凭空落下个大乱子？又是糊涂，又是心慌。

“德公公，到底什么事呀，你这样急？叫我走，你也得说个清楚。”

“二先生，你还有什么不清楚，睡在鼓里的！便是得福老头那桩事出了大毛病。”

“什么？”仿佛没有听清，追着问；但心里可急坏了。“你说，我真一丝也不知道！”

“真的吗？那我可不敢瞒你二先生。”德公公张开嘴巴透透气，再咽咽唾沫；可还是喘喘的，说：“今天一清早，谷刚这小子给保安队押着，带上县去。那时不知那个眼快耳尖的多嘴，或者村里有内线也说不定，把这个风声传到了西公庄那些狗肏的耳里。他们当时敲了一阵锣，聚集三五百个强盗似的黑心汉子，有的拿铁尺，有的拿耜头，也有拿短铳尖刀的，拦住官路把谷刚这小子劫下了。而且，二先生，这不是造反么，还把保安队长，得福老头跟好几个弟兄都捆了起来，其余的也都打个落花流水，腿快的算溜过性命了。——天！这天大的祸闯下了，这些强盗种子还不怕！二先生，我告诉你，他们拿大棍子，拿刀背子，没命根儿的毒打着得福老头，逼他供出主使的人来。唔，大概得福老头吃不消这苦罢，说这主意是你二先生出的。——现在，二先生，这些狗肏的，结了伙，还把东公庄南公庄的那些坏痞子一齐邀了来，也不知上那里去偷来抢来的，听说还有好几十杆木壳枪快枪夹在里面，就要上这里来烧你二先生的房子了。……”说到这里，伸手揪住了槐三先生的袖口，推推撞撞的要他到外边去。“二先生，这些强盗种子你怎样和他们讲理呢？不如避一避风头，免得吃这眼前亏，然后我们再慢慢想法跟他们算这笔账！”

这一急，再加上一股气，槐三先生比昨天还更利害的昏过去了。两排牙齿咬得紧紧的，开口不得。只一个下巴索索的抖着。眼睛忽然陷下去了，睁得怪怕人的，可不会动。手足也不会动，仿佛给人用麻绳捆住了。而且眼前忽然发黑了，模模糊糊的涌起一阵木壳枪，快枪，耜头，尖刀，和许多青面獠牙的高大汉子。

“事到其间，二先生，你急也无益。暂且听我的话，到外面去避避风头再说，……”

这一阵乱哄哄的嚷闹，把厨房里的槐三师母也赶了过来；毛囡也放下蟋蟀罐子，呆呆的站到客堂门口，又不敢进去。师母只听到后面这几句话，没弄明白到底怎么一回事；可是看到德公公那惊慌的神气和爸爸那骇得怕人的发疯的样子，也急到不知怎样开口。

“德公公，我家出了个什么祸事呀？”也顾不得师母的身份了，扯着德公公不放。

德公公没有这闲工夫理睬师母，急得哭丧着脸的说：

“二先生，你不要执拗，也不要干急！赶快避出去，保重自己的身体要紧……”

眼前的黑影慢慢散了开去，槐三先生的神志也终于慢慢的清醒过来了。可是，也就在这个时候，槐三先生突然意识到大难已经落到头上，大火已经烧到眼前了。于是，身子软了下来，只用不断的索索的颤抖勉强支撑着。

这时候，又一个青脸小个子带嚷带跳的慌慌张张的跑进来：

“二爷爷，你快些走，那些狗娘养的已经进村了！”

槐三先生吓得呱的一声哭出来了。抖着手，一把抓住了德公公的手膀；仿佛一个人掉在河水里，抓住了一点东西，不管是什么，便再也不肯放手。同时带哭带嚷的：

“……德公公，公公……你想想法，救救救我…………公……救救…………”

黄昏的烟霭里

(一名《深秋》)

一

秋又深了。

门外边，一块小小的园地。六月间给大水淹过的，到此刻还黏着灰黄的泥痕的竹枝编成的篱笆，开了些杂色的秋花。妈妈不在家，上村外掬野菜去了。大毛和小毛，两个又脏又瘦而且很顽皮的孩子，自家在园地里没事的玩。阿仁坐在一间矮矮的茅屋前，捧着一个上了年纪，熏成了蜡黄色的旱烟筒。

看看天，抽抽烟，又想想心事，仿佛全不觉得时间的过去。小孩呢，任他们去玩，不管竹枝会咬破了小手儿。

心事是没法解决的，除非你当土匪去！于是，只好皱皱眉毛，懒懒的放下烟筒了。接着，两个胳膊弯弯地靠到大腿上，用手掌托住了自家的头儿，似乎朦胧的睡去了。两个孩子在篱笆下面争夺着一朵小小的黄花，叽叽嘈嘈的声音传到他耳边，而他可完全没有听到。

直到小毛哭嚷着奔回爸爸的身边，揪住了一个衣角摇个不住，这才被突然的一惊唤醒了。睁开了一双没有光彩的疲乏的眼睛，看看大毛小毛淘气的样子，觉得心里怪不舒服，很想拿这两个太不懂事的孩子抓来打一个痛快。但随着，这股怒火又跟一口冷气吐到外面了。他只对小毛瞪了个白眼，没奈何的摇摇头，自言自语的叹息了一声：

“隔天大家都要讨饭去！还这样吵什么！”

于是抱起小毛，拍拍他，哄他不要再哭，帮他揩干眼泪，抱上篱笆边去，摘一束秋花放到他小手里。另外又采了一束给大毛，深怕他也会嚷着哭的，同时用一种略带忧愁的口气吩咐他，不要再欺侮弟弟。

两个孩子重新和好了，笑了。眼泪还挂在小毛的笑影里。

阿仁捧起旱烟筒，重新坐到木凳上去。叹了一口深长的又寂寞的气。迟钝的眼光留心到两个孩子的行动，恐怕他们又会没事的寻事闹。

妈妈回来了。是一个穿旧布衫，挽个蓬松的发髻，眼眶下面陷着两个黑晕的萎黄的好女人。手里提着一只装满青青的野菜的破竹篮，非常迟缓的拖着沈重的足步，显然已很乏力了。将菜篮轻轻的放到爸爸的脚跟，又很亲热的忙着招呼大毛和小毛。

“妈，你很吃力吧？且坐坐，歇歇力。这两个小畜生现在还安分，让他们去。”略带抱歉的口气，一边说着，一边起来让她坐。

“没有什么——”妈妈笑着说。

“掏野菜的女人可多吗？”

“唷，掏野菜的可真多啦！跑一个园地就见一簇簇的女人家，真是荒年荒景像！隔壁三姥姥还在泥地上滑了一大交，半天也扶不起来。人老不值钱，可怜！”

大毛小毛跑过来了。半天不看到妈妈了，亲亲昵昵的争着偎到妈妈的身边。争着唤妈妈，争着拿花给妈妈看，说是爸爸摘下来的。妈妈笑笑。称赞花好看。大毛小毛心里都添了快乐。

大毛看看天色又将暗下来，忽然想起日中边小强的糖糕了。看小强大口大口的啃着，真够滋味呢！于是一把推开正在咭咭哝哝厮缠着的小毛，摆出了一个苦脸求恳着妈：

“妈妈，我们今夜做糖糕吃！”

这回做爸爸的可真生气了。不让妈妈好好的休歇一会儿，玩厌了就想吃，而且想糖糕吃，这不是畜生吗？一个巴掌打到大毛的腮颊上；而且跟着大毛受了委屈的突然的号啕，还大声的叱骂着：

“肏你娘的，小鬼！今晚上偏不许你吃！”

“你又何苦跟他们生冤气，小孩子那个是懂事的？——大毛，妈妈抱你，不许哭，否则爸爸要再打的。”

是夜间。

一盏古老的菜油灯吐着暗绿色的花。这间破烂的茅屋里，一切东西都改变景像了。仿佛是：墙壁在动，屋顶要塌下来，桌子，长凳和一切什物都摆出一个阴沈沈的面孔。歪在床上的，两个淘气的孩子呼息很低微，面上都蒙着一层朦胧的灰白。

外面渐渐静默到荒凉了。大荒年谁不早点睡？只有风特别大，卷了过去又重新卷了回来，呼呼的啼号着窜进茅屋的隙缝里。而且还带来了树叶从枝头落下的声音和墙脚边凄凄凉凉的呜咽着的秋虫的声音。

阿仁帮妈妈收拾了一会屋子，有点累，可是不想睡。老是睡，老是睡，人也给睡呆啦。于是打桌边坐下。

妈妈折叠好三件晾在竹竿上的破布衫，做完这一天最后的事情，就洗过手，也坐到桌子边。她皱着眉毛看看爸：浓的眉毛，大的和善的眼睛，高高的鼻子，一个熟极了的面孔。但就是这一个熟极的面孔，现在却慢慢感到陌生了：眼睛没有光彩了，唇边失去笑影了，鼻子和颧骨显得异样的高耸了，和这个人的脾气一样，相貌也渐渐改变了。于是很不放心的又不敢大声的对爸爸说：

“怎么办呢，爸？我们总得想个法子。”

这没有气力的声音使做爸爸的微微吃了一怔。但他立即又理会到这话的意思了。

“有什么办法呢？你又不能跟我当土匪去！”

“唉，你近来开口就没半句好话给人听，又是什么土匪！爸，我看你脾气越来越坏了。”

“唔！”模模糊糊的答应着。但他心里看得很清楚，一家四口的生路已走到尽头了。现在就算掏些野菜勉强挨得过几天，等到冬天来了，西北风刮得紧，大块大块的雪落下来，还不是免去了饿死也会冻死的。当土匪去，也不过穷极无聊的发发牢骚，当真一个忠厚出名的阿仁哥会有这勇气？

“爸，你是个凡事做主的男子汉，到了这地步也该出去想想法。你看，大毛小毛近来都瘦到不像个人样了。”妈妈的阴沈的目光又落到床上去。“我想茂法公公肯借我们几斗糠也难说。”

茂法公公么！他心里忽然被一阵痛苦塞住了。三天前的可怕的冷笑也回到耳边了。他仿佛看到自己此刻又站在茂法公公的长廊下，不好意思走拢去。茂法公公正怀抱着一个四岁光景的白胖的小孙子，站在天井里的水池边，观赏那绿藻下面窜着的金鱼，来消遣这又长又闷的秋天的下午。当自己胆怯怯的向他诉说了许多苦处，一家人都饿到只剩几根骨头，一张皮，希望商借几斗糠粃暂时过过活的时候，好像自己的声音太轻了，茂法公公没有听到，还尽在那里逗引着金鱼玩。接连的求恳了好几遍罢，才见他懒洋洋的回过头。

“借糠！哈，你知道的，这大荒年谁有糠！”

“请公公看我爹面上，爹一世忠心帮着公公种地的，多少布施我们一些吧。我们是永世也不会忘记公公的好处的。”

“布施吗？我那来的钱！——嘻，听说宣统皇帝马上就要坐龙庭了，也许会来赈济的。”

这一团肥肉的圆脸偏到厨房那一个方向，唤赵妈拿油米和虾肉来，金鱼都饿得慌张了。

一只白鹅摇摇摆摆的张开肥腿踱过来，斯斯文文的像个上祠堂祭祖去的老秀才。怀里的小孙子挣着下去了。他先向阿仁做做鬼脸，学着他祖父的声调说：

“听说宣统皇帝马上就要登龙庭了，也许会来赈济的。”

接着赶在白鹅后面走开了。

茂法公公呵呵大笑，笑得满腮满颊的肥肉都颤巍巍的抖个不住。称赞了一声宝宝乖。接着又冷笑着寻阿仁的开心：

“听到么，小毛头都知道宣统皇帝马上就要登龙庭了。”

这一切可怕的嘲笑都送进他耳朵了，像一把把的利剑刺到他心上了。他很痛苦。灰白的神情变得更难看。呆呆的站了半响，垂倒头，默默的走出去了。

在路上，开始腿软了。眼皮酸黏黏的，眼前涌起了一片模糊的黑云。半昏晕的状态中想起爹怎样一生世帮茂法公公做牛做马，落得大热天田坂里中了暑毒，到死了，茂法公公连棺材也不肯布施一口的下场。

“命！命！这是命罢?”

于是“唉”的吁出一口无限伤心的叹息；大粒大粒的眼泪禁不住挂下腮颊，落到青布短衫的前襟了。

可是回到家里之后，是又不会把这一回委屈对妈妈说过的。那天只偷偷的在门外揩干泪，跨进茅屋便又装着没事的样子抱起小毛。

现在，这一个记忆重新回到眼前了。忽然间，眼睛有点花，靠着桌子伏倒头儿了。

妈妈不懂得爸爸为什么不开口。藏在肚子里的心事怎会知道呢？她只觉得自从这几天家里断了粮，便没有一刻看到爸爸的笑脸过，也许是饿慌了吧，从日到夜两只眉毛锁拢在一起，有点怪相。于是心肠里也默默的动了几分难受。

沈默又压到这小小的茅屋里。外边，呼哨着卷过树梢，卷过屋顶的越来越大的夜风的哑碎的声音，像一群受了伤的野兽，在暗夜徘徊着，哭泣着的走过去。

“你若不高兴，那我自己去求茂法公公吧。就是借不到糠，这一晌半个月没会去，也该去走动走动的。”过了一会，妈妈又忧愁的说，在夜的空虚和静寂里仿佛声浪很宏大。

“你要去么?”突然抬起头，吃惊的问。

“你又不肯去，那只好我去啊。”

“不准你去!”爸爸显得很凶的样子，咬着牙齿说。

妈妈不想和他再辩论。自己站起身，蹩到床边去了。

爸爸的眼光跟在她后面。看到她脱去衣裳，从那贴肉的单衫的烂洞里，露出一排排没肉没血的肋骨，眼光又软化了。

灯光发个抖，突然给风扑灭了。黑暗吞没了一切。

二

第二天，依旧是个碧海青天的好日子。妈妈梳光发髻，穿件半新旧的粗布短袄，略略收拾了家，便跨出门，上茂法公公的家去了。阿仁也不想阻止她，虽然心里觉得怪不舒服。

两个孩子吃了口野菜，一溜烟的早跑出了。清清冷冷的一个人留在家里也无味，没事做，两手忒空闲。去打几根茅柴来，只要贱，也许还可以换几文钱。于是腰间插上一把钩刀，手提一根扁担，随手打上门，也出去了。

走不了多远一程路，正在拐角处，一群喧哗的男女们围集在那里。几个孩子站在较远的地方看热闹。其中有一个高大的汉子，涨红了脸，像喝醉酒，挥着拳，要想挣开四周的人们。别人不放他，有的一把抓住了他的手，有的使劲揪住了他的衣角。

又是谁家两口儿在淘气？穷荒的年头还有这兴致！可是当他认清了那凶狠狠的和众人扭闹着的却是阿德哥的时候，不觉暗暗吃了一惊。你看，两个太阳角全绽满青筋啦！一向是和和气气的，人又能干，又会讲话，又唱得一口圆熟的老生戏的阿德哥，从没听到有半个人跟他过不去，今天怎会和别人闹得这样凶！

忙着在路旁放下扁担和钩刀，抢上去，用力分开众人挤进去了。

“阿德哥，有话好说的，你什么事情过不去？”

此刻的阿德哥只一心要想窜出人丛去，什么人的话都像耳边风，没听进去。

他的大哥一手扳住了他的肩膊，气冲冲的说：

“你发昏吗？想出这种断命的鬼念头！赶快回家去。”

“叔叔还是到我们家里坐坐吃茶罢，也好清清心，平平气。”他的嫂嫂慌张的说，但不敢走近去扯他。

“看看大荒年面上，又大家都是一村人，阿德哥，多一事总不如少一事。”旁人也跟着劝。

阿德哥完全不像平日的柔和了。满脸满身都罩着热腾腾的杀气。短衫的前褂给扯碎了，一个粗糙的黧黑的胸膛露到外面。他不管大哥的吆喝，只直着喉咙咆哮：

“你们不要管！这老剥皮我今天一定要杀死他！菜刀谁拿的？还我！预备一条命抵一条命，我倒要看看这老剥皮有什么铜筋跟铁骨！”

阿仁完全弄不明白了。怎么阿德哥今天想到要杀人？搔搔头发，也摸不着一个头绪。但看一看周围每个人的脸，那种紧张的神气又立刻告诉他事情显然很严重！于是扯住了三强木匠往外挤，走到放着扁担和钩刀的路旁两个人才再站下来。

“木匠哥，阿德哥今天跟谁呕闲气？”阿仁悄声的问。

“啊，你不清楚吗？”木匠用疑惑的目光望到他脸上，怎么一个来劝架的人会不知道闹架的原因。“唔，阿德哥可算得上一条好汉罢，此刻他要拼了命扯茂法公公到阎王殿前算账去！”

茂法公公四个字跳进他耳朵里，嗡嗡的响个不住。接着一个胖胖的露着狰狞的冷笑的圆脸又分明地出现在眼前了。而且从一张三角形的厚而紫黑色的阔嘴里，跳出那么熟悉的一句话：

“宣统皇帝马上就要登龙庭了，也许会来赈济的！”

不觉脊骨上起了一个颤抖。

可是接着还是紧紧的追问：

“什么天大的事情，犯得上去拼命？”

于是木匠告诉他，去年阿德哥年关过不去，捧着田册向茂法公公去商借，两亩田抵押了六十块钱。今天一个清早叫他去，要他冬至节前去赎还。不赎呢，按照今年的田价卖给他。阿德哥忒忠厚，老老实实的答应了。大概他以为地段高，河浜又近，照往年的市价，两亩田卖两百块钱是喊出口就有人捞了去的。今年就算贱，最多也只能打个八折罢。可是，你晓得茂法公公怎么说？他说近年时势不安靖，到处荒，到处闹土匪，有钱的都搬上杭州城去了。他本来没有钱，杭州城也住不起，荒年不用说，更艰难了。不过大家都是一村人，好帮忙的地方总帮忙的。如其这两亩田卖给他，情愿再添四十块钱，帮阿德哥做家用。虽然铜钿上面的小事情，阿德哥一向不计较的，吃亏也不只第一遭！可是茂法公公的手段到底未免太毒辣，乘火打劫穷人，逼得这顶和气的阿德哥也忍不住，跟他闹翻了。现在阿德哥拿把菜刀寻他拼命去。你想想，能够拼个你死我活也痛快，这大荒年反正做不了人！

听完这长长的一串话，仿佛阿德哥替自己出了口气，像夏天喝下凉茶去，眼前一亮，连心脾都舒畅了。哼，也会遇到对头吗？要晓得穷人也不个个都是死人，凭你宰！于是跟着几日来不曾有过的高兴，满心想对木匠说，

“我同你一块帮阿德哥去,”可是话只在舌头上打转,结果变成一个空洞的咳嗽。

阿德哥终于给别人搀走了,给坐唱班里唱老旦的全生搀走了。他一边扶着阿德哥,一边说:

“我们都吃过他的苦,这老鬼是个该杀的东西,还用说!不过,阿德哥,今天看你哥哥的面上,暂时放过他一条命吧。我们总有一天要剥他皮,抽他骨的。”

牛头山上没有柴,早光了。只光滑的大石块,黄泥,萎烂的落叶。青青的天盖在上面。仅有的几颗镇压合村的风水的老槐树,往常你攀折一根树枝也犯禁律的,现在早给那手长的砍去了。只剩几根细小的枝桠散在山岗里。

拾拢了零碎的树枝,从腰间掏出一根草绳,捆成小小的一束。虽然卖不了钱的,也好自己烧烧。比空手来空手回去总体面些。接着觉得有点吃力,拣一块大白石坐下来。唔,人真饿坏啦,气力全跑走了。

山背后,是一片一望无际的田地,叫后塘坂。纵纵横横的阡陌,比棋布的黑线还密些。阿仁拿胳膊靠在大腿上,两眼光光的找寻自家那一方地。找着了。河边那块田不正是牛角丘吗?两棵桑树拱在河岸上,也是自家种的,从山上望过去,还依稀看得清楚。夏天的黄昏,田耘完了,浑身给汗和泥浆黏得皮肤痒痒的难受,于是跟着别人一骨碌的跳进河里。像一群疯水牛，大家在河里讲丑话，噼噼啪啪的翻腾个半天才肯攀上岸。接着，别人都肩着农具回家了，他却躺在桑树边，卸上一个旱烟筒，在淡白色的夜色里抽起烟。头上有风，比水还凉，从桑树缝里漏下来。嗳，有风，又没蚊子，真不高兴回去闷在又臭又热的茅棚里。天色渐渐由淡白变成朦胧了。月亮从东方升起，红到像红柿子，怪大的。烟筒里的火星也红得发亮。躺够了，站起来。看看自家田里，黑沉沉的稻肥得可爱，几乎一株株都有高粱秧苗那么粗。忽然一个梦来到他心里，觉得今年也许生活会变好些，那一株株的肥稻都会结个半酒盏谷子呢。于是想唱几句山歌开开心了。可是平生从没玩过这一手，唱不出来。但远远的，穿过夜空，却传来快乐的歌声了。于是放下烟筒，打起精神往远处仔细看看，仿佛有人骑着牛，在阡陌上缓缓地移动。

秋天完了，像这个时候，就得锄遍地，种上荞麦和萝茯菜。因为阿仁虽说顶勤快，三百六十天，没个偷懒睡午觉的日子；可是老天没眼睛，要是你单靠一方稻，就是收成好，到了第二年三四月，一家四口还不只好喝西风！于是，下雨天，坐在家里打草鞋，好换几个零用钱。晴了，腰边围上一条青布，背着暖暖太阳到田头去，培培土，或者捉捉油光青色的小菜虫。隔几天，等到萝茯熟，他就要拣那肥的，连根带叶的拔回家，煮熟了好当饭。

现在，从山头望过去，真看看也凄惨，心酸了。那么大的一个坂没一根菜芽儿呢。唔，堤埂的缺口不知要等到那天才动工？如何这样好天气，又晴又和暖，做堤长只睡觉不管事？要是修好了，不是也好种畦青菜充充饥。

他仰起头儿。看看天，太阳走过天中心。可是村庄里的炊烟还淡到看不见，只东北角有一缕浓黑的烟云袅袅地扶摇直上。

于是他肩着柴下山了。山路上，夹在沙土里有许多桃花色的，翡翠色的小卵石子，光亮得可爱。他想到往年带了萝茯分给孩子们的情形了。今年孩子们的嘴饿到慌，能拣几颗石子分给他们玩，也好逗得小心花儿快活些。于是重新放下柴，拣那顶光滑的塞进肚褡里去。

从山脚边拐个弯，又回到村里了。心里挂念到阿德哥，可曾闯出去拼命？

三保家的哑大囡捧着一块泥黄的糖糕蹲坐在门边，一面滴着口涎，一面在啃，阿仁觉得自己也有点肚饿了。肩上那几根柴枝，仿佛添加了沉重。

再走了一程路。忽然一阵香气袭进他鼻窍，是烂熟的肉的香气呵。于是肚子里更骨碌的翻个不住。这倒并不是也想弄份肉尝尝，是那饥饿，那本能，拉住他的眼睛失望似的东窜西闯的四处张望。看到木老门外围拢了一群人。

“阿仁哥那里砍柴来?”

“过来，过来，有好东西在这里，请你也开个胃罢。”

意识到他们在那里干什么事情了。唔，要不是那东西，怎会有这样香?对，往日经过木老的门口，那只肥胖的黑花狗叫得多有劲，没有一回让他安安闲闲的偷过去的，今天是要了它底命了。

沸沸扬扬的一满锅。已经煨得稀烂了。于是大块大块的捞起来，盛在一只大木分盆里。大家不客气地随便坐在地上。用手扯，比刀还锐利。醮着白花花的盐往嘴里送，真够味!

还有酒!做梦也想不到会有这样丰盛的一顿。

今天木老做东道，他们照例应该敬主人一杯酒。然而据木老自己说，该受敬还是阿奎哥。他家里放着一坛酒，荒年还摆什么鬼阔气，看到就生气。想拿出来替饿嘴的弟兄们醉一醉，又没些星儿小菜。木老提到阿黑，这一个聚会做成功了。

阿奎哥却谦让着。

“这年头还扯什么客气话?狗也好，猫也好，糠皮也好，菜根也好，到口的就吃。什么都完了，大家一伙的当土匪去!”正堂驼背听得不耐烦，喊起来了，一边撕了块狗肉，向鼻子边塞进去。

大家都笑了。阿仁喷出了酒沫。一阵说不出的痛快露到每个人脸上。有人拍着手。

“听说真有这样的事呢！离我们九十里路的枫林镇，比我们这里水更大，给冲毁了大半个村子。房子没有了，老老小小坐在大树下，喝口泥水，啮些树叶草根挨日子。后来病的病，死的死，没法再活下去了，才有人想到半山上有村长的谷仓还没冲去。于是大家跪着去求他散口粮。你晓得村长心多狠？非但不肯打开仓，还偷偷的差人上县城去请保安队，说是有暴民捣乱。这一来，人心可反了。也不知道是谁做头的，叫大家自己动手去打开谷仓来。总之有人这么一声喊，不到半个时辰就聚集了八九百饿死鬼，一哄的蜂拥进村长的家里。现在难民愈聚愈多，声势也愈来愈浩大，盘踞了一座高山当营盘，连官兵也奈何他们不得了。”阿奎哥认真的说。

“听说当时村长正抱着一个姨太太在作乐呢！”有人补充了这么一个有趣的尾声。

又是一阵笑声哄起来。接着大声的豁拳，大口的呷酒，大块的吃肉，一个个饥黄的脸渐渐泛起红活的血色，动作也多灵活了。太阳晒在头皮上，觉得热，有人脱去短衫，垫在屁股下面，爽性赤膊了。

谈话很投机，起劲。你一句，我一句的大谈着那一乡打死了土豪的儿子，什么地方焚烧了财主的房子，许许多多水灾以后听来的山海经。而且故事似的传述着，仿佛今年遭水灾是别人，在别地方，在隔重山隔重水的远处。

“不要太高兴咯。等一歇大家转家去，还不是一口野菜一家人分着吃！”一个花白头发的老公公，酒够了，人反而更清醒，想起早晨家里饿到昏晕过去的女人了，于是悲凉的说着。

“炳泉公，你的话也不见得准的！也许我们也会有那么一天罢，穷人会翻身的。”一个小伙子不服他的短气话，反叙着。

“对，你有理！早上阿德哥不是要跟茂法公公去拼命？要不是大家劝住了，也许茂法公公的脑袋此刻已剁成了泥！”好几天来郁在阿仁心头的闷气，乘酒兴一口气吐出来。

狗肉完了。狗骨头堆个满地。酒可还很富。人也不肯散，谈话的兴致愈高了。他们都暂时忘记了目前号泣着的可怜的妻儿，正在到来的残酷的风雪和冰冻，和紧紧地追蹑在自己身后的那个可怕的命运。

三

走散的时候太阳下山了。阿仁灌得烂醉。给风一吹，人便头昏脑晕的没有气力了。勉强打起劲，糊糊涂涂的挣回到家里。接着向床上一歪，便猪一般呼呼睡着了。

等到一觉醒来，天光已朦胧发白，屋内的什物可以看出隐约的轮廓了。精神是很好；可是身上仍有酒后的余困，不愿意起床。一股晨凉打屋角漏进来。乌鸦苍苍凉凉的啼着，在屋顶盘旋了一会，往远处飞走了。

侧着头，贴在自己身边睡着的，是妈妈。两个孩子照例在脚后跟。揉开干燥的眼睛看看妈：一张瘪嘴略略张开，微露出焦黄的牙齿，眼皮无力的往下拖着。

昨天曾经喝醉酒，吃饱狗肉，又讲了许多话，恍恍惚惚还留得点影子。但究竟讲了些什么又怎样回来的，可完全记不清了。涌起一个噎，还依稀辨得出狗肉的余味。

一个身，睡着的妈妈给翻醒了。

“你昨天那里喝了酒来，醉得人事不省的？”幽声怨气的望着他说。

“木老宰翻一只狗，给饿慌了的穷弟兄香香嘴。我刚走过，也给扯住了。”

“怎会醉到像死猫呢，任你唤，任你扯，全不睬。满口都是糊涂话。我真担心你会生病。”

“我说了些什么酒话呀？”觉得有点滑稽，笑着问。

“不用说啦！还不是那一套，饿了冤别人饱！”

忽然记起妈妈昨天是去借糠的，便问她糠可有个着落？心想又是一遭冤枉跑，自己去找恶话听：一个魔王怎会发善心，谁曾听到过猫嘴里吐出一只老鼠来？

可是妈妈偏偏出于意料的回答他：“总算赏脸面的吧，借到了两斗糠呢。只要节省点，搀搀野菜，也够我们个把月的粮食了。”

妈妈没有把真实情形告诉爸。要是说出这是化费了无数次苦口的央求没有用，直到出了顶高的重价，答应明年还两斗白米，茂法公公才忽然笑颜逐开的允许下来，他又会无理由的生你气。至于茂法公公那气头上的话，（刚和阿德哥吵过架怎会有好声口？）“穷人个个都是坏胚子，饿死了地方上倒干净些，”更不能让他知道丝毫的风声。倒是临走时三奶奶告诉妈妈的：“明天后塘坂新堤开工了，你爸可以去挑挑泥。穷人只要勤快点，也不会愁饿饭的。”可以传给他听听，他那愁结着的心花儿也好放开些。

妈妈披起衣裳，坐在床上。一边推推爸爸的肩膊：“今天后塘坂开堤工啦。你早点去，也好挣几个钱帮帮家用。”

“当真么？”有些信不过自家的耳朵似的。

“谁有这闲兴儿诳你！——不要大声的嚷，让孩子们多睡忽儿，免得起来又吵。”俯过身去，把大毛露到外边的小腿又给盖上了被，接着扣好钮子，妈妈先下床了。

阿德哥一骨碌爬起来。希望领他去打开门。天空又晴碧到一抹蓝，和地平线上的连山打成一片，近来真没一日不是好天气。邻近人家都关着门，无限的静默悬挂在窗畔。

回头帮妈妈收拾屋子，烧脸水，扫地，今天爸爸回复到往日的殷勤了。而且想到妈妈近来真瘦损得怕人，黄黄的脸，像个结在枯藤上的秋瓜，要是今天新堤真开工，第一天领来的工钱，先给妈妈买包红枣补一补身体罢。

吃了口糠填填肚，就携着一柄铁锄，一根扁担，两个竹箩，让希望带到后塘坂去。妈妈在家里招呼孩子们起床，做一切琐杂而劳苦的事情。

四五个人坐在一条长堤上。江水在堤下呜呜的流。杨柳树的黑沈沈的影子浮在江面，跟水浪缓缓地波动。积在堤上和飘在水上的萎黄的落叶，在这深秋的早晨，伴着一种腐烂的泥土的气息，播散到这一群佃夫们的呼息里。在堤的另一边，像死一样的，看不到十月初照例绿在阡陌间的青青的菜秧和麦苗，只一片三十里方圆的褪成了黄色的泥土，后塘坂。

离他们不远，一个三丈多阔的缺口。在缺口下面，好几十亩田给大水冲毁了，带来了无数的沙石堆在上面，是不能再耕种的了。

太阳从远山升起。在青青的天空下面，这几个饥饿的人，给阳光一醺，仿佛皮肤里略略涨了点血，面上褪去一层黄衣，但看去却依然是青灰色的。望望村庄里，没有晨烟，没有人声，没有喧杂的鸡啼和狗吠，被一种无限的荒凉和静默笼罩着。

“唉，要是再不开工啊，我老娘不饿死也愁死啦。”一个病色的青年汉子，方头说。

“天老爷，喀喀，你老娘，喀……我也三四天不曾好好吃过一顿啦，喀，喀喀喀……”五十四岁的长福老一边说，一边咳得凶：风吹进他咽喉里，起了一个寒噤。“我觉得今天很冷呢，喀，喀喀，你们怎样？喀喀喀……”

到底还是年壮的，虽说给饥饿熬到没有力，只要不是西北风，像这秋风，可还不觉得。阿仁没理会长福老的冷，不满意的说：“你一个人还叫屈！像我一家四口都挂在我两手的，又怎样？——啊，两条胳膊干到像枯柴了，不知可还挑得动土？”

“我老啦！像你们，像你们，喀喀，……我会死！”长福老弯着腰站起来，大概屁股骨头坐得酸痛了。

“三月间我就通知茂法公公的，桑埂下面有好几个漏洞，江水一天到晚吱吱的咬进来，要是落几天阴雨，江水泛上来，这几个小洞准会闯下个狂祸的。可是茂法公公不相信，说是几个老洞，犯不上去睬它们，其实想省几个钱。如今，啊，如今合村老小全给他害死了。”小曹摇摇头，随手掏起一团泥片儿，噗的打到江心去，涌起一个个的水晕，渐漾渐大了。

“幸而今天总算老虎发慈悲，开工啦。”方头说。

“听说茂法公公的本意，这缺口本不预备今年动工的，说是等到明年春天可省出一大笔利钱来。后来还是别人劝，乘现在干紧开工，也许冬天大家还可以种畦菜吃吃，地方上也好太平些……”

长福老没等小曹说完话，又忙着搀进去：

“命吓！命吓！喀喀，……我五十三年活过来了，喀喀，还不曾遭过这般的大难咯……”

人陆续的到来了。同样的肩着扁担，提着锄，静悄悄的到来，没有往日边唱着山歌，边跨着大步的勇气了。看看这些人，同样是枯菜一样的脸色，同样是生黄疸病似的没些儿神的眼珠，同样额上的皮打着皱纹，而且同样拖着一个又瘦又长的下巴。到了缺口，先是默默的放下竹箩，扁担，放下锈了的锄，接着睁大了疲弱的眼睛望望这三十里方圆的后塘坂，轻轻的吁出了一口寂寞的叹息；但后来终于被卷入这厌闷的谈话里去，而归结到老天爷有眼睛，总算赐给我们穷人一条活路了。

茂法公公也手剪着背，放开八字步踱过来了。于是声音又突然静下去。麻雀噪过柳枝头去，叽叽嘈嘈的很清楚。适才的暖熟的空气又变成冰似的寒冷了。有的无力地靠在锄柄上。有的垂倒了头儿。有的凝视着远处的天空的静碧。有的默默地望着江上的水晕。

“命！命！……命里注定的咯，喀，喀喀，我长福老五十四岁遭大难，喀喀……”在这沈重的沈默里，可以听到长福老的自言自语的叹气。

茂法公公提起瓦灰竹布大衫的襟角，走一步看一步的那么小心，慢慢的踱到缺口了。背后跟着两个年青人，是儿子。各人手里提着一个大竹篮，满装在篮里的是两分阔一寸长短的小竹笺。

茂法公公先是笑嘻嘻的招呼人，仿佛一尊弥勒佛似的和气。接着，吊起一只尖尖的老鼠眼，用沙沙的声音说话了。他说今年的大水灾是天数，因为人心太奢华了，菩萨叫众生尝尝饥寒的滋味。要是人心不改善，不敬神，不敬长辈，不敬地方上的绅士，菩萨也许还会降下瘟疫来。于是他就自大到像一尊大佛了，一屁股坐到堤埂上。

工作开始了。这一群蓬首垢面的田夫们，像一群饿鸟散到田野里。用软弱的手，一锄锄的掘起泥，放到竹箩里，挑到缺口填下去。因为长久没有上田坂了，又是一二个月没有吃饱过一顿，挑不到三四箩烂泥，不约而同的都有点手骨酸，气喘喘的额角上都涨出汗水了。但一看到每一箩泥土换来的这一根小小的竹笺子，到了太阳下山就可以换现钱的，希望又重新将气力带回到手上，软软的胳膊硬起来了。

一天的时间，在异常吃力又异常快乐的忙碌之中快过去了。除了回家去吃口糖糕咽口野菜填填肚，或者由女人送到田头，就蹲在江边掏碗冷水送下去，不曾见那个人坐下来谈闲天，或者歇歇力。大把的汗也不管，用袖子揩了就算了。

阿仁中午是转家的。妈掏盆水给他洗脸。见他浑身给汗水浸透了，又拿出一套半新旧的青布衫给换上。糖糕也蒸得特别嫩，放进嘴里去怪有味的，带点甜。妈妈问长问短的询问了许多田头的事情。问他可曾累，他笑笑；其实腰也疼了。

大毛下午要跟去看，爸先是答应的，还问他可挑得动泥。大毛拍拍手，说跟爸学，帮爸挣钱。爸笑了。（是近日来第一次看到爸的笑影啊!）但忽而小毛也争着要跟去。骗了许多好话，答应傍晚给他带一只麻雀回来，也不依顺。于是妈妈只好吩咐大毛小毛都不要去，那里有河水鬼要拖人。大毛翘着嘴生气了，一个巴掌打到小毛耳根边。哭了。

爸爸抱起小毛，拍拍他。心里又起来了一个新的希望，想到几年以后了。对，再苦过六七年，两个儿子都会打柴种地了，那时候，就是遇到像今年的大荒年，也不怕，六只手还不够养活一个妈妈吗?

于是阿仁就把上午的心思告诉妈妈，打算拿今天的工钱去买包红枣，送给妈妈补一补身体。妈妈口里说不如积钱买点米，大毛小毛都给菜根喂弱了，但心里的快乐是瞒不过做爸爸的眼睛的。

下午阿仁添了气力，泥挑得更勤了。一箭去，一箭来，像年青的燕子的灵敏。你看他两个袖管卷得高高的，阿仁哥还显得像当年的阿仁哥。

烟瘾窜上来，也咬住。想到黄昏妈妈看到自己没失信，果然一包红枣递到她手里时的高兴，笑了。

只有长福公那副样子使人太难受。两箩泥，压得身子矮了小半个，弯弯的像快要摔倒了。再加又喘气，又咳得凶。有时无缘无故的站住了，歇下担子拼命咳一阵。阿仁忽而心又酸，想对他说："我来帮你挑吧！"但他又挣扎着挑起泥，抖着两个肩膊往前颠去了。

满田坂静悄悄的，只有赤脚踏在泥上的溅溅的声音。

一直到太阳下山大家才停止工作。一伙的拥到江边去，净净手，净净脚，又洗洗黏在竹箩，扁担和铁锄上面的泥浆。嘻笑和谈话又重新开始了，寒凉的空气里充满了热烈的活泼的声音。只有长福老瘫了似的坐在江边，他真力乏了。他的咳嗽也没人听到，被淹没在喧哗里。

开始发工钱了。由茂法公公的大儿子收竹笺，小儿子付铜钿，一根竹笺换一个铜子。他自己端端正正的坐在一张竹椅上，（这是下午特别去拿来的，因为茂法公公不比阿仁哥，虽然长得肥，单是佛一样的坐坐也为难，一个上午就说腰疼了，头晕了，）眼光东窜西闯的忙碌于留心儿子们是否付错了钱。

但来了一个非常的意外，十个人倒有九个人被扣钱的。不是说每担泥太少，就是说你偷了竹笺子。要分辩也没有用，他叫你明天不必再来了。但大家还是争着吵，说这辛苦铜钿不能冤冤枉枉的扣去的，再加这样大荒年，人人都等着拿回去养家的，一个铜子也少不得。但铜子在他手里，你嚷嚷也是空的。就是家里饿死了女人，也不好抬进他家去的。他没睬你。

轮到阿仁哥只给了七折。说他每担都只有半竹箩，所以一天挑了七十担，打个七折也还是便宜他的。

“茂法公公，你问问老三哥罢，他刚才还称赞我箩头比谁都满，脚又健!”因为是气力换来的，阿仁可不像那天借糠时的委屈，理直气壮的说。

“嘻，你自己想想吧，别人最多只有六十五担，你这懒货，要不是箩头浅，会有七十担吗?”

“我今天挑得勤，烟也没歇下来抽一筒，你问谁都可以做见证的。”

“对对，”狡滑的笑了；“你一向抽烟出名的，今天自然也不会例外的，要分一个时候出来抽抽烟的啰——大保，你数四十九个铜子给阿仁哥。”

这天大的吃亏怎么受得下?满满的一箩只能七分算!于是急到血都跳，胸口涨得透不过气。可是钱还不是同样的凭空给人冤了去。大保不管你气得眼发直，拿四十九个铜子塞到你手里，又去招呼别人了。

这不甘心的！阿仁一边嚷着要添钱，一边抖着那抓住铜子的拳头伸过去，但给他一瞪，不觉又缩回来了。看看他，正摆着几天前向他借糠时那一个难堪的脸。

怨恨和愤怒扭歪了阿仁的面孔。火冒上眼睛。

接着是长福公了。他坐在江边，唤了三四声才听到。驼着一个腰，没些儿精神的蹩回来。但给他的也只有一个七折。

“呀呀！天老爷！我，喀喀……我！我老性命换来的钱可扣不得啦！我，我，喀喀喀……”一阵狂咳，话接不上，脸急得发红。

“没亏待你，长福公。要是照你的担头算，只好两箩合一箩。可怜你年纪老，才给你个七折。”

“这个，这个……喀，喀喀喀……我，我不要，我不要……喀喀……宁可死……”先是两个膝关骨发着抖，片刻间全身抖了。

茂法公公忽然沈下脸，大声的喝：“老狗！看你不出倒会放无赖，明天不准你再来！”回头对大保说，“将铜子收下，看这老狗放肆到那里去！”

一阵急痰塞到长福公喉头。眼花了。人摔倒了。脑袋撞在一柄铁锄上，血水淌出来。

于是这一伙颓丧着，唠叨着的田夫们变成疯狂了，潮似的挤拢去。有的扶起他，有的拿烂泥涂到他额上，有的大声的嚷着，“跌死了人！”

茂法当初也很慌，脸骇得发白，忙唤大保去帮着扶，弄出条人命来可不是玩玩的事情，但片刻间又安静了，冷笑着说：“这荒年荒世，死个把人算什么，你们慌张……”

没等话说完，忽然一把铁锄当头压下来。本能地慌着偏过脑袋，肩膊给掘开了。沈重的身子从竹椅上滚下。

是阿仁哥。

一个血涨满了的脸，一对突到眼眶外边的血红的眼球，倒竖起了的眉毛，紧咬着的牙齿。一双绽起了青筋的手抓住铁锄，第二手又要压下去。

“救命！救命！”茂法公公的神色铁青了。脑袋缩到衣领下，怪滑稽的，仿佛这就可以避免铁锄的第二度的袭击。

两个儿子手足无措的慌张着。想喊，又想去夺那铁锄。但也给别人小鸡似的抓住了。

阿仁一边挥起铁锄，一边暴雷似的狂吼着：“对，这荒年荒世，死个把人算什么！我要杀死你，替我们穷人去个死对头，除个大害虫！”

“有理！阿仁哥的话有道理！反正有他就没有我们！”

“到今天快要饿死的时候，你还不肯放过我们一张皮！我们还饶你！”

“昨天阿德哥就要了他命的，总算饶这老鬼多活了一天！”

“…………………………………………”

“…………………………………………………”

无数愤怒的咆哮和阿仁的狂吼融合成一片。

跟着阿仁底第二锄，雨点似底，许多锄头落到他身上。刹时间，在这黄昏的烟霭里，在这空旷的荒凉的田野里，这一团幸福的肥肉给剁成烂泥似的肉浆了。

一个人的死

倘有人说回忆是甜蜜的，我的回忆中却只留着一个悲惨的印象。虽然这是五年前的事情了，但在我，好像依旧如昨日发生的一样。我没有这勇气，也没有这力量，如刑场上的刽子手，在黄昏的星月下，秘密地砍下了一大群可怜的好人们的血淋淋的头颅，而回到家里连恶梦也不会做一个的。我对于这一个不幸的人的死，在这一生中，大概没有方法再忘记了。

或许写下了之后可以减轻一点我的良心的痛苦吧，此刻就是在这样一种情绪之下来叙述这故事的。

这是在春天，正是河岸上的杨柳抽了嫩绿的芽，一切冬眠的草木开始从寒冷中醒过来的清明节，我将我的一位堂叔姚春茂留到自己家里来住了。自然，我是知道他的嗜好，知道他的脾气，知道他的历史的。他是我们乡间一个有名的醉鬼，每天的光阴，差不多都是在酒店里喝个烂醉，再寻别人吵架，这样混过他的半生来的。

他自小也读过书，不幸父亲死得太早，十三岁上就剩下了他这孤儿在人海里浮沈。现在已成了文不文，武不武的一个人，一个十足的光棍了。当初谈话里提到春茂叔，还有人婉惜着他的，现在可说没有一个人不讨厌他了。身上老爱挂着一件破旧的长衫，斯文地踱着八字步，就是有几次真是穷得没办法，去帮别人做个短工的时候，也还是不肯脱下来。而且，说不定晚上领到了工钱，他又溜进酒店去喝个烂醉，再寻回主人家来吵架的。所以就是他愿意帮别人，别人也愈来愈怕雇像他那样的人了。于是他的生活也只有愈来愈窄，愈来愈紧，愈来愈不通，社会关系也愈来愈狭小；也许就是因为这生活没有办法的缘故吧，他近来的性格也变成了更暴躁，更爱喝酒，更容易寻人吵架了。但他有一个特性，虽然穷，却不无赖。他多少年来从不曾短少过谁一文钱，酒店里更不必说了。暂时的挂账自然也免不了的，但到了节，他准来还清，就是手头没有钱，也宁愿贱价卖去了他的财产，酒账却不肯胡赖一文的。他父亲剩下来的十多亩田地，就这样消耗在酒窟里了。

这一回，输到他出卖他最后的所有，他那一间破旧的已不能蔽风遮雨的小屋了。他卖了老屋还酒账，还清了账又在污黑的木桌旁坐下去。一碗，两碗，三碗，一直喝到了黄昏。人已是醉意朦胧了。他摆着方步踱出了酒店，迎头吹来了一阵三月黄昏的薄寒的微风。这凉爽的夜风，吹散了他的晕晕的酒意。于是在这轻寒的春夜里，他记起今夜睡的问题了。是的，没有地方睡觉是不成的。他只好折回酒店里，向掌柜的商量，要在店里借一个铺位。掌柜的因为怕他的脾气，虽然爽，却好像有点神经病，不容易招呼，婉言地拒绝了。这一拒绝，引起了他吵架的导火线，他拍着桌子骂，说掌柜的太瞧不起人。

在这各不相让的争吵中，许多街头的闲汉就乘势围拢来。我路过酒店的门口，也便挤进去瞧瞧。我平日对于春茂叔是没有什么好感情的，不做事，有钱到手就喝酒，喝醉了又寻人吵架，我总以为他的生活像这样过下去是不应该的。但现在看到他那无家可归的情形，和他那一张又急又窘的脸，不知怎的发生了一点所谓同情心。自然，我没有怪那掌柜的不留他宿。我知道做掌柜的自有他为难的地方。但我可怜春茂叔，同情春茂叔，在人世间混了三十几年的结果，落得连个宿歇的地方都没有，这总不见得是令人快意的事情吧。

于是我挤到了柜台前，向他说：

“春茂叔，你不用再在这里发气了，今晚就到我家去睡罢。”

我们虽是一村人，平日可很疏远的，所以此刻突然听到了我的话，他那目光不禁似信非信地钉着我，好像在踌躇，一时竟答不出什么话来。呆了一忽儿之后，他才吞吞吐吐地说：

“真的么？”

“谁寻你开心呢。”

我就这样地在清明节的夜里将他留到家里来了。

第二天，他一清早就出去，也没在我家中吃早饭。我知道他身边还有卖屋的钱，一定又是上酒馆去了。一直到晚上七点钟左右，已是我们吃完了晚饭，和妻闲坐着，喝着浓绿的茶的时候，他才醉醺醺地踱回来了。他买了一大包糖果，说是给我们的孩子的。我知道他的脾气，在这酒意正浓的时候，你如果一推却，又会惹他发脾气。但是我该收受他的礼物么？这就是叫他出宿夜钱了，在我觉得是万分不安的。这突然而来的赠予，简直使我不知所措的局促起来。我一面踌躇地接过他的糖果，一面勉强露出笑脸，招呼他坐下来喝茶。

看见我接过了糖果，好像很高兴，他笑容满面地傍我坐着。

妻带着四岁的孩子上楼去了。煤油灯的昏黄的光芒，像一星鬼火似地，映照着他那醉醺醺的微笑和我的局促的苦笑。

沈默落在我们中间。我不知怎样来开始我们的谈话。我心里想，像他这样一个糊涂又不幸的人，真是可怜又讨厌。将父亲遗下来的十多亩田地化完了，现在弄到连宿歇的地方都没有，但每天还是要喝酒，吵架！倘你对他说："春茂叔，你不应该再糊涂下去呢。喝酒最伤身，又叫人走上懒惰的路去，像你现在这样的处境，无论如何都应该戒绝了。再这样挨下去，等到你手头的卖屋钱化干净，恐怕连酒店的门槛都不许你再踏进一步了。"那他一定要误会你的好意，以为瞧不起他，或许还会引他发一场脾气的。在这夜深人静家家都要睡觉的晨光，引起这一场无谓的脾气当然是不必要的。

但同时我又这样想，倘你看见一个瞎子爬到一口井上去，就眼看他溺死不救他吗？春茂叔虽然笨，却是一个最不懂世故的瞎子。悲剧已经跟在他后面，而他是不自觉的。他若再这样误下去，未来的苦日正长呢。现在就得有人正色规劝他，叫他戒了酒，找个职业，同时也得积蓄几个钱。我反覆地思索了一回，后来终于说：

"春茂叔，我问你，喝酒有什么滋味呢？"

"也说不出什么滋味的，不过喝惯了之后，一旦断了这命根，会气也透不过来，喉头就像有虫爬似的难受。"

我鼓起了勇气冒险地接下去说：

"我想，你最好能找点事情做做，否则成天的喝着酒，不太觉空闲吗？"

"我也这样想。不过这年头，谁高兴给我事情做呢？"出于我的意料之外地，他并没有生气。

"好，我替你慢慢设法吧。"

结束了这一回谈话之后，我立即暗地里自家打定了主意，决心要将他这个人从灭亡中救出来。我要像耶稣似地帮助他脱离魔鬼——脱离酒魔的诱惑，然后再领他走上人生的正路去。

那天夜里，他那黧红的脸，晃着，晃着，反覆地出现在我面前。

我心里如是地决定着：我要改变他的生活，一定得做他的监督者。但是像他那样过惯了懒散生活的人，倘你要在一二天内叫他抛弃了从前的习惯——那一切爱喝酒，爱吵架，不爱做事的习惯，那当然是不可能的。我只有慢慢地启发他，启发他的自尊心。同时也留心他，到底他的能力是做那一种事情最适当。总之，逢到了可以谈话的机会，我总要婉曲地向他解释，像他那样一个年富力强的人，要是自己留心一点，爱好一点，总可以设法把生活安排得比现在合理一点，受人尊敬一点的。于是我决心让他暂时住在我家里，到我的教育收到了相当的效果，再放他走进社会去奋斗吧。

我为他留意着，打算着，后来终于得到了一个机会。

这是在他住到我家里半个月之后，一个天气很和暖，云也大海似的青碧着的暮春的日子。

那天下午，我偶然在街头遇着了一个十年前的旧同学，他正在一家轿行雇轿子。多年不见了，但他给我的第一个印象，依旧是先前那样年青，活泼，脸上依旧是浮着一团十年前所常见的可爱的笑影。我问起他的近状，他说是在县城里的一个初级中学里当校长，虽然薪给少，生活却满意，而且这种生活也就是他理想中的生活。他说，每天对着一些尚未失去天真的少年人，不知怎的感到了一种极大的安慰，心境也会乐观而愉快起来。他说，他们是自己这一代的承继者，倘使我们能够好好地教育着，领导着，那末我们在这苦难时代里的未完成的艰苦的工作，就有人来继续担负了。他说着，清癯的面上露出了一种无从描写的欢乐的神情。我呢，恰恰相反。我听着他的话，我底沈静了多年的心，不知怎的，如像在一口古井里投下一块石头去，经他这一击，突然漾起了一阵感情的细碎的波澜——这波澜，连自己也说不清是甜蜜，还是悲哀。我想邀他到家里来住一宵，乘这一个机会，可以谈点别后的事；但他执着说有事必须走，所以我们只匆匆叙了几句寒暄就分手了。

回到家里之后，我心里感到不舒服，但也说不出这不舒服的原因在那里，大约是为了别人在挣扎着前进，而自己只躺在一大堆腐朽了的白骨堆里，连翻个身的企图都没有，在这一个相互的对照下，未免自惭形秽，自觉衰老了吧。

但接着，我也便忘记了自己的可怜，想起春茂叔来了。我觉得像春茂叔这样一个人，字是认识几个的，气力也还不算弱，人又不狡诈，倘介绍到学校里去当校役，真是最妥当不过了。而同时为春茂叔自身着想，这也未始不是一个改变生活的最好的机会。况且像我老友那样的人，真可说是在社会的熔炉里磨炼成了纯钢的意志的，那叫春茂叔上学校里去见见世面，也可让他知道自己从前的生活的空虚与可耻。我一面这样思索着，一面就坐在家里等他回来。

他回来了，他和往日一样醉醺醺地踏着夜色回来了。

在我招呼他坐下之后，我就把刚才盘算着的这番意思告诉了他。

我说话的时候他是低着头，是的，他是低着头在听我的话；但是没有等我说完我的话，他就摇摇头，面色也变成了灰白，好像不耐再往下听的样子。

“你不愿去做校役呢，还是有什么另外的意思?”我看到他只摇摇头，话可一句也不说，不由得使我疑惑他误会我这一番好意了。

“不是的，不是的。今天我听了一个新闻，因此什么事情都懒得做了，觉得富贵荣华前生就注定了的。”

“听到了什么可感触的事情呀?”我料想他又在那里说酒话了。

“我今天早晨上酒店去，听见别人抢着在那里说，王村的王癞子打着了头彩，发了五千块钱的大财。我当时还不肯相信呢。但是到了下午，我就亲眼看到了，王癞子坐着一顶绿呢大轿，抬进县城里去领钱。我看了这情形很气愤，觉得王癞子会发财，我总也该有交运的一天吧。我特地化二角钱去排了一个八字，但是据算命先生说，我是要穷到老的了。”

他说完了又摇摇头。从他那带着叹息的语音里，从他那两次颓丧的摇头里，这是谁也可以看出来，听出来的，对于王癞子的打着头彩他是怀着羡慕与嫉妒，而对于自己的穷到老的运命发生了愤怒和憎恶。

我觉得再没有向他往下劝解的必要了。他从前只有爱喝酒的一种生理的恶癖，而爱闹架是为喝醉了酒的一种必然的结果，不能算作一种坏习惯的，所以我对他的前途还存着一种幻想。但现在已证实他不仅有醉酒的恶习惯，而且还有一种运命主义的坏心理盘踞在他的脑海间。我是再没有援救这一个绝望的人的力量了，我只有让他自己爬到灭亡的深潭里去。

那天夜里，我是无论怎样也睡不去，春茂叔的影子，晃着，晃着，第二次反覆地出现在我眼前。

我闭着眼睛在夜的黑暗里这样思量着，我既没有能力改变他的生活方式，自然得叫他离开我的家的；因为长此住下去，对于我个人倒无妨，所可虑的，是他那种坏习惯，坏心理，恐怕要影响到我们的天真的孩子。但是此刻突然叫他离开了，对于他，事实上又未免是一个过重的打击。那简直是叫他做叫化子，住凉亭去了。因为我自信得过，除开我，我们乡里恐怕不会有，虽不敢说绝对不会有，第二个人肯收留这样一个醉鬼的。这样反过来一想时，我又疑惑着，踌躇着，对于这一个人，简直想不出一个好办法。后来我终于自己骗自己地这样决定下来了：他虽没有可救的希望，但我为着人道主义着想，赶走他是不应该的，就让他住在我家里吧；至于小孩子，不妨告诉我的妻，教他当心点，不要使孩子和春茂多接近。

但是说也奇怪，春茂叔那一付干瘪了的脸，那一双像蜡塑似的没有光彩的黄眼睛，那一张成天蒸发着酒味，像个老旧了的酒葫芦似的嘴（这一副模样，想起来再也不会引起儿童们的欢心的,）可是我们的孩子不知从那一天开始，却爱上了春茂叔，喜欢跟着春茂叔了。

春茂叔白天是不在家的。但到了晚上，我们的孩子总要等春茂叔回来，和他纠缠一回才肯睡。春茂叔真有本领，他那一脸傻相的笑，能够引起我们孩子的快活。看见了他，孩子就会伸出他那又白又嫩，像夏天的雪藕似的小手儿，去摸他那又糙又黑，长着无数参差不齐的硬毛，像一个刮不光的江北猪头似的长下巴。他那粗而带哑的声音，也像敲着一个破瓦罐；但是真奇怪，他那不谐和的声音却能勾引我们孩子的耳神经，我们孩子看到了他好像非纠缠着他说一些连我们也听不懂的傻话，不会舒服似的。

我和妻开始忧愁起来了。春茂叔对于孩子的坏影响，已经超过我们的意料之外地影响着孩子了。叫他走吗，这就是赶他跑到灭亡的顶点去，叫他不走么，这就是留他在家里教育着，训练着我们的孩子。

但我们终于在因循，踌躇之中把这个问题搁下来了。妻也只会叹叹气，想不出一个妥当的办法。

一天晚上，我们家里失了窃。偷去的东西并不多，照例是些不值钱的东西，如衣服，铜锡的器皿，自鸣钟，花瓶……等等，无非是一些日常的用品而已。但这一失窃却引起了我的愤懑。对于穷人，不幸者，我们不仅同情着，在可能的范围内，向来是尽量地帮助着他们的。而现在他们光顾到了，照应到了我们的家了。

我疑心这花样，也许就是春茂叔玩出来的。我知道他是一个爽直的男子汉，偷窃是一向鄙弃的；但他现在穷了，借钱又不好开口；因为住在我家里再向我借钱，自己也觉得有点过不去；无可奈何之中想出了这花样，叫别人来动手，他从中分润一点红利。

就是这把戏不是他所玩的吧，至少他也该负责任的。他回来迟，又喝得醉醺醺，有人跟在他后面是不觉得的，而那扒手就在那时跟着他蹑进了我们的家，在黑暗的角落里躲藏着。等到我们大家都睡静，连春茂叔也睡静，他就动手玩起把戏来了。所以，他是毫无问题该负一部份责任的。

于是在他回来的时候，我就盛气凌人的去问他：

“你知道吗，昨夜我们家里失了窃。我问你，你知道这人吗?”

“我怎么知道呢?”他说，“倒底怎么一回事情哩?”

“我对你说，昨夜我们家里偷去了不少的东西。这十年来，我们家里从来不曾失过一次窃的，而你住进来之后，不满一个月，就发生了这事情，所以……”我没有说完又停住了，觉得不好意思再说下去，也可以说，我没有勇气对这个不幸的人下最后的哀的美顿书。

“我知道啦，我知道啦，”他突着眼睛迅速地说，“你疑心这事情是我干的，至少这贼骨头是我带进来的吧。不是么?先生（虽然他是我的堂叔，但我们乡下的习惯，对于读书人，一般人都尊重他，称他先生的，）我可以对你宣誓，也可以对皇天宣誓，我春茂是饿死了也不肯做这事情的！请你原谅我直说，你是错怪我了。”

“好了，我并没说你，不过这样随便问问吧了。”

虽然我把这失窃的事情完全不搁在心上，第二天就忘记了；但在他好像这是一个永远不会忘记的侮辱，这一生他是不会再饶恕我的了。回来的时候他总阴沈着脸，带着滞钝的眼光，紧闭着嘴唇，就是他那瘦削的耳朵，尖的鼻子，耸起的颧骨，他面上的任何一部份，也显得和往日有点异样了。我对他渐渐厌恶起来，觉得他是太不识相，太不知趣了。但我们的孩子还是爱缠他，好像不肯放过他一夜似的。

妻在床畔对我说："春茂叔是愈来愈古怪了。我们得早点叫他走，否则，真会惹出大祸来也未可知的。"

但这也不过说说吧了，我和妻都没有这样的勇气这样的决心，叫一个被人世遗弃了的人离开我们的家，让他露宿到潮湿的田野里，荒凉的溪河畔，雨打风吹的破老的凉亭里去。

挨着，挨着，在大家都感到烦闷之中，时间又一星期挨过去了。

叫他离开的一天终于到来了。我们终于下了最后的决心。

是一个天气颇好的初夏的下午，日子渐渐长起来了。妻怕孩子饿，做了一些粉点心；但想找他来吃时，却又寻不到他的影子。妻以为在隔壁婶母家，叫娘姨过去叫，回来也说没有去过。这可令我们焦急起来了。被别人拐走么？不要说我们的孩子是再乖也没有的，就是下午也并没有陌生人来过。我们找不出孩子失踪的原因。他平日是成天在家里的；除了有时上隔壁婶母家去玩一忽儿，再没有第二个可去的地方的。在绝望之中想起春茂叔来，也许是他带着孩子上酒店去了。

果然，当我跨进酒店的门槛时，劈头第一眼触到的，就是春茂叔和我们的孩子。在一张污黑色的杉板旧木桌旁，我们的孩子盘坐在春茂叔的膝踝上，脸上浮着狡猾的笑，双眼凝视着春茂叔的猪肝色的嘴唇，口儿在翕动着，大约在那里咀嚼着什么东西。等我走近桌旁时，看到放在桌上的，除了一把污黑的锡酒壶和一只红泥小酒杯之外，就是一碟灰绿色的茴香豆。我的心儿不禁砰然地跳起来，天哪，原来他竟让孩子在那里吃不易消化的茴香豆！这时孩子也看到我了，可是他并不叫，只嘻嘻地笑着，做着油滑的歪脸，还从碟里拿起了一颗茴香豆，剥着，拿着豆壳儿来掷我。我自信算得上心平气静的，对于一切外来的侮辱都会淡然忍受的，这一回可也冒起火来了。我感到一股热辣的怒气，像一条巨大的毒蟒，从我的心底爬起来，匍匐着，匍匐着，匍匐遍了我的周身。我怀着一片好意收容了一个无家可归的酒鬼，而他却把我看成了一个呆子，一块木头，一件无用的废物。他戏弄着我，欺侮着我，利用我的心肠软，竟拿着我的孩子来玩恶作剧了。这是一种不可容忍的侮辱呀，这简直比侮辱一个寡妇，一个瞎子，更其手段毒辣了！我的血涨满了我的眼睛，我的手儿发着抖，我的愤怒塞住了咽喉。我睁着眼睛向他望过去；而他却泰然自若向我笑笑，又点点头，话是一句也不说，手里是拿着那只红泥小酒杯。我真愤极了，从他的膝头上一把抱过了孩子，不管孩子嚷，也不听他在说什么话，像从一个强盗手里夺下了劫物似的，抱着孩子就飞快地跑出店门了。

回到家里之后，孩子还是哭嚷着，闹着，要回到春茂叔那边去。他的天真而简单的脑海里，现在是已没有哺养他的父母的亲切的印象了，盘踞在那里的，怕只有一个春茂叔的酒气醺醺的面孔吧。任你给他糖果，给他安慰，给他哄骗，像对一只顽强的猴子使用狡诈的手段，任你用尽了一切的力量，他还是不给你半点代价。我们没有方法停止他的哭嚷，心里是又气，又愤，又悲痛，可说是伤心到了极点。妻的面色变成了死灰一般的苍白，两手发着抖，唇儿也抖动着，简直浑身在颤抖了。我呢，一面抱着孩子，一面也抖动着嘴唇，尽管对妻这样安慰着："我当初不该留他进来的，现在悔也来不及了。我们只有叫他今夜立刻滚蛋。这种没有良心的人，就是冻死，饿死在田野里，也没有一个人会怜惜他，替他说一声冤枉的。"

孩子终于因为长久的哭嚷而疲惫，熟睡在我怀里了。于是我和妻商量着，结果得到了这样一个结论：春茂叔不是糊涂，而是有意要引诱我们的孩子走坏路，学他那坏榜样——或许那榜样，在他以为是好的也未可知。但我们对于别人的善意的帮助，而代价是得到了这样一个苦痛的结局，这我们不能怪别人，只好怪自己没眼睛，现在呢，是别人负我们，不是我们负别人，所以也顾不到别人的悲惨的将来了。我们只有叫他立即离开，任他去做强盗，绑票，小偷，乞丐，或者冻死，饿死，我们是再也管不了这许多。

春茂叔回来之后我就对他说，而且事前我还预备好了这样严厉的话的："春茂叔，你好！你总算教坏了我们的孩子，来报答我们的床铺和被席！"可是一见了他的面，我的口气又软了下来，我是客客气气地向他说着，他住的那间房子现在因为有别的要紧用处，只好请他暂时住到别处去，将来如果有机会，仍旧可以住回来的。

他听到我这话时的表情，我实在想写也写不出来。他的酒力突然消失了，面色变成了一种衰败的苍黄。他的眼光发着直，钉在我的面上，使我的两个腮颊感到一种可怕的寒冷。他的唇儿在颤战地翕动着，似乎几次要想对我说些什么话，但又都没有气力的咽下去了。他木然地直立在我面前，不动也不说话，好像已经忘记了自己的存在。这时候，我才清楚地，为以前所不能比较的清楚地，看出了他的衰老了的消瘦的脸，他的枯黄之中带着灰暗的贫血的颜色，他的破破烂烂的衣裳，他的黏沾着泥上的蓬松的萎黄的头发。我的心又重新沈重起来，觉得这是一个对于不幸者的太凄惨的打击了。正在我的柔懦又脆弱的感情渐渐紧张起来的时候，他突然，好像用尽了吃奶的气力才从喉间迸出来的，带着颤抖地说出了这一句：

"我……去……了……"

于是像一个野鬼悲啸一声地逝去，他头也不再回过来，拖着沈重的足步，疾速地跑走了，这时候，我忽然这样意识到，一定眼泪已经含满在他那陷落的两眶，再没有勇气回过头来罢。想着，我的心脏不禁麻痒起来，我的毛发不禁悚然。

夜里躺在床上，我老睡不去。这倒并不是为他今夜的可怜的流落难受，而是要安慰安慰自己，我心里在勉强这样自慰着："得啦，你别老替他愁闷吧。一个人，只要不是哑子，就是哑子也会装手势，决不会找不到一个借宿的地方的。明白点，不要再替他做愚笨的梦了。"

像哄小孩似的哄了半天，才把自己的心境骗得有点安定了。但第二天仍旧不敢向别人问起，也可说不愿向别人问起，关于春茂叔昨夜的消息。然而这样也没有用。一到了黄昏，不知怎的，一团愁惨的云雾围到我的眼前来；隐约在这团愁惨的云雾里，是一个春茂叔的可怕的影子。

直到一星期之后，我的心才完全镇定下来。白天也好，黄昏也好，夜晚也好，春茂叔的嘴脸再不会出现在我的脑海里了。好像世界上并不曾有过这样一个人，至少我是不认识这个人的。

我是为一些琐细的家事消磨着我的岁月，我是无目的地向死亡爬行着。

一天，大约在春茂叔离开我家半个月后的一个黄昏，在一个本家的丧筵上，我第一次听别人说起春茂叔近来酒喝得更利害，脾气也更坏了。下午是成天坐在酒店里，直到酒店关了门，还要买好一竹筒黄酒，才肯慢慢地踱出店门去。夜里睡在凉亭里是没有疑问的，因为每天早晨凉亭里的过路客，总见他老人家在那里呼呼地熟睡着，大约至少要十二点钟之后，才肯懒洋洋地爬起身来。人是瘦到像一个鬼魂了，大约离开死亡的日子也不远吧。

听到这消息，不知怎的，我忽然害怕起来。一种强烈的忧愁缠住了我的心，好像我犯过了一回罪恶滔天的事情，而如今是忏悔也来不及了。对于他，这一个愚蠢的颓废的人，我始终没有尽我最后的力去教育，去感化，只赶走了他，来逃避我对于这一个不幸的人的责任。明知他要更堕落的而不去援救他，现在他果真已经走进墓穴的门口了。

我郁郁不欢地离开了酒席，怀着悲愁，提着灯笼，踏着满眼凄凉的夜色走回家来。在我将近门口的晨光，忽然看到石阶上躺着一个人似的东西，这使我本能地心悸动了一下。再走近去仔细看看时，原来就是春茂叔呀！

有如战乱之后，家人离散，一旦在异地遇见了骨肉，我不禁喜出望外，心也忽然轻松起来，年龄也似乎青了好几岁了。我紧紧地拉着他的手儿（这是我第一次拉他的手儿呀！）让他走进我的家里去，但他已像一个病后的老人，抱着一个酒筒，拖着滞重的脚步，慢慢地颠蹶着。

在黄昏的灯光下，我看到他这个人完全改变了。是的，完全改变了！他的脸色变成了铁青的，他的颧骨，额角，耳朵，鼻子，一切轮廓都耸突得太可怕，好像在他身上没有血和肉，只剩一张枯皮蒙着一付骷骨吧了。这时在我的心头，是装满了无限的欢乐，同时也装满了无限的悲哀的！我知道他的精神上，肉体上，在这半个月内两方所遭受的损失都极严重的，至少他是衰败了。我想找几句顶体恤的话来安慰他，好使他忘记了从前我所给他的一切残酷的印象，我们来重新做个好朋友。我这样说：

“春茂叔，你要喝酒吗？我这里有好酒，是昨天一个朋友送来的，是陈年的绍兴花雕。”

“我不想喝。我觉得身上非常不舒服。”

“那末，你还是去睡吧。我想休息一二天，你就会健起来的。”

我扶他进房去，为他安排好床铺，我小心翼翼地伺候他，像对他赎罪似地。我又为他冲好了一碗茶。然后向他郑重地告别，叮咛他，明天千万迟点起来，中饭可以在我家里吃，这用不着客气的。

第二天，他竟病倒起不来了。浑身发烧着，面色喝醉了酒似的绯红。我问他茶，问他稀饭，问他水果，都说不要。我的心有点焦急了。我觉得这不是好现象，倘不趁早去请医生来诊断，让它自然发展下去，恐怕不会有好结果，也许是凶多吉少的。经过医生的诊断之后，我的疑惑更得了一个可靠的证实，他所患的是极凶险的伤寒症。

药灌下去，好像是一碗清水，也许这碗清水里还含有毒质的，他的病象只有一天天的加凶，谈不到有起色。我伺候他，当作我的家人似的殷勤地伺候他；因为除此之外，我别无好办法，可以使他的病霍然全愈。他不对我说话，也许是没有说话的气力吧，只直着两只陷落的大眼向我瞧。问他可要东西吃，只摇摇头。

他的病势愈来愈险恶，医生终于说可以安排身后事了。他自己好像也知道，这两天老望着我，他的幽暗的目光蛇似地缠住我周身，好像有什么遗嘱要告诉我，但又没说出来。我不好意思去催他，只有安慰才是我对于一个无家可归的临死的病人的责任。

在他病倒后的第六个晚上，他忽然向我装着手势，是叫我过去的意思。待我走到他身旁，在床畔轻轻地坐下去的时候，他就用颤抖的低微的声音对我这样说：

“先生，我想对你说句话。”

“什么话？你尽管对我说吧。只要我能力办得到，我没有不可以帮助你的事情的。”在我心里，他所要说的，大约不外于他的身后事吧。

“从前我在你家里的时候，你家不是失过一次窃吗？”他颤抖着。

“是的，”我踌躇着回答。这时我才发现怨恨像一条毒蛇缠在他心上，到此刻还不肯释放他。我已料到，这几天来他踌躇着想对我说的，并不是我意料中的身后事，而是在人世间所感到的一切侮辱的一个最后的报复。我静候着，等待他的严重的审判，像等待一个法官的审判一样。

他的黯淡的枯燥的目光忽然明亮起来，像夏天的夕阳的反照，很有力的逼视在我面上，使我低下头去。

他骤然从床上坐起来，此刻已显得像一个神，我也忘记了他身上的凶险的病了。

他勉强提高了衰败的又低沈的声音抖颤着向我说：

“先生，我是不成了。不过，这件事非向你说明我是死不去的。我对你说，那天偷东西的人，真的不是我呢；但我当时也没有方法可以证明。自从离开了你的家，我就每夜在你这房子的周围巡逻着。我知道像你这样一个好心肠的人，失去了东西一点不声张，也不生气，他们第二次一定又要来光顾你的。我心里这样打算着，我务必要捉住这一个贼骨头，也好洗一洗我的心迹，吐一吐我的冤气！但是阎王不容许我，我的身体只有一天天的弱下去，到了那天晚上，我实在再也支持不住，只得躺在你家的石阶上了。现在呢，阎王不让我捉住这一个可恶的贼骨头，洗一洗我的心迹，就要叫我回去了。我也只好等下世再来报答你，再来捕捉这一个害我的贼骨头了。先生，你以后最好当心点，对于一个好人，他们是什么事情都做得出来的……”

我这时突然流下了两行冰冷的大眼泪，我的心窝凝冻着，千万种说不出的苦恼一齐钻进我的脑子里。我觉得像他这样一个伟大的受难者，我竟像瞎了眼睛似的，和他相处一个多月竟一点也看不出来。等到他自己向我告白的时候，已是他走到生命的尽头的日子了；我现在再没有给他安慰的机会，他将永远地怀着人世的悲惨去长眠在地下了！我要向他跪下去赎罪；但我的两腿麻木着，已不能听我的指挥。我咽着眼泪望着他，一句话也说不出来。

沈默包围在我们周围，好像整个世界已经死亡了。

他的黯淡而凄惨的眼光，像那快要熄灭的煤火似的，已蒙上了一层可怕的灰白，凝视在我脸上。

“你要喝点开水吗？”我想不出一句其他的话来说。

他摇摇头，他的阴沈的眼光从我的脸上收回去，沈在床上了。这时候我看见两粒干燥的眼泪从他那陷落的眼眶里迸出来，凝冻在他腮颊上。我真伤心到了极点，我的每一根血管都快要僵硬了。我知道含在他那两粒眼泪里，是一个受尽人间的侮辱，讥笑，咀咒以及一切不正当的虐待的苦鬼的最后的悲哀。

他又抬起眼光来望着我，沈默着。

过了好一忽儿之后，他的灰白的唇儿忽然剧烈地翕动起来，好像想对我再说几句话，但终于只迸出了这几个可怕的字：

“先生……你以后……最好……当心点……对于……一个好人……他们……是……什么……事情……都……做得出……来……的……”

此后就不再说话了。直到他断了气，他的阴沈的惨痛的目光还是凝视着我，没有离开过一秒钟。

现在，时代已经变换了，连我们的孩子也早已忘记春茂叔了。像春茂叔那样被社会侮辱着，压逼着的弱小的人们，也不像他那样只会喝酒，吵架，过颓废的生活了：他们要以眼还眼，以牙还牙。

但我是无论怎样也忘不了他临死时的惨痛的蛇一样的目光的，它将缠到我死去吧。他那“对于一个好人，他们是什么事情都做得出来的”这一句话，是永远在我耳边嗡嗡地响着，我觉得这话好像就是为他自己的命运说的。

雨 后

下午四点钟。春雨濛濛的落着。街上只看见电车，洋车，摩托车，行人很少。大家都闷在家里吧。雨天在家没有事，照例听到了竹梆声便会有女人出来唤住他。但今天不知为什么缘故可有点儿不同，任他一弄又一弄躁急地敲过去，没有听到哎的开门声。是太太们麻雀牌正摸得起劲忘记了肚子呢，或是上午已经买好肉，预备自家做点心呢，这是谁也无从知道的，甚至平日最爱作成他生意，送馄饨碗出来的时候还时常给他赞美的那几家公馆，仿佛也没有听到他的竹梆声。

天！怎么今天偏偏这样触霉头呢？自语着，他心儿有点慌张了。唔，今天是非卖到两只洋没有这脸面转家去的，四岁的儿子正病倒在床上等他呀！脸孔红得像一片猪肝，气喘得像一部风箱在抽着，这症候不得轻！何况出门前女人是吵得那样凶，骂他不争气的死鬼，没出息的死鬼，仿佛阿保底病全是自己渡给他的。当时他没有做声，头垂倒了。其实四十五岁才勉强成了家的他，爱儿子的心真比女人还更急切。可是没有铜子儿你怎么给他医？可怜下午又偏偏落着这濛濛的细雨。

心一焦，竹梆声颤散在细雨里，连自己也觉得有点声音惨。他手软了。

“馄饨……面……”

仿佛勉强从喉咙里挤出来的，非常不自然的，细雨中又抖着他的空洞的声音。

从碧云里转到长庆里，又从长庆里转到福寿里。他故意放慢了脚步，同时又拉长了他的滞重而喑哑的声音。

马路上的街灯已不知于那一刹间放光了，惨黄的，阴沈沈的。唔，他记得的，阿保的眼睛也正和这灯光一般没有气力呢。唉，天哪，天色慢慢黑下来了，到底怎么办呢？儿子的病也许变化得更凶，女人也许又在拼命诅咒他。她那副披散了发，流着眼泪流着鼻涕，又泼辣又凄惨的样子，倘使不卖到两块钱，他实在没有这勇气回去看她。啊，女人真不懂事，阿保又实在太可怜！

两块钱！两块钱！怎么卖得到两块钱呢？如其不成功，又什么地方去弄钱呢？想着想着，他忽地自家笑了起来，口里莫明其妙的喊出了一声“有了”。对，那拉洋车的张毛头不是曾经借过他两只洋吗？一直到现在没有还过他。对，这个时候向他去要，就是不凑手，借来，当来也得替自己去张罗的。心里一快活，额上的皱纹渐渐散开了。

“喂，卖馄饨的。”

幸福真不是单独走来的。才想到一条弄钱的路，居然生意也跟着跑上来了。他笑嘻嘻的迎上去。

担子停在福寿里十七号门口。做好了两碗馄饨。油和葱特别放得多。然后他又重新想到张毛头身上，怎样开口向他要钱。但他忽然间变得几乎呱的一声哭出来了。啊，张毛头不是一个月前因为轧姘头坐在牢里吗？他眼前涌起了一阵黑。虽然他心里还不愿意承认这回事，但愈否认反而记得愈清楚，后来连毛头坐在牢里那副可怜相都浮到眼下了。啊，自家怎会糊涂到这地步，怎么有钱会借给张毛头那样一个不成材的东西？

“哙，馄饨钱，你这老头子昨夜里没有睡觉吗，怎么昏昏的那样打不起精神呀？”

心头噗的跳了一跳。抬起头，刚才买馄饨那个穿黑短衫的女人抿着嘴在笑，仿佛已窥透了他的心思。他有点窘。但那女人将钱塞在他手里便回进去了。

今天只卖去了四碗。连此刻的两碗，也不过六碗。打开小抽屉，里面零乱地散着几十个铜子。仅仅的一个灰白色的银角子晃在中央，显得非常触目。他抖着手指放下了刚才的两角。叮的一声响，声音清脆悦耳，异常好听。啊，要是今天已经卖去了二十碗，能够听到十回清脆的银角声，那将是多么幸福的一个下午啊！不仅免得再徘徊在这细雨里苦恼，回到家里还可以卜得家小的意外的惊喜。他的女人，见他挑了担子回来先是摆出一副冷冷的脸色，用一种锐利而使人感到毛骨颤悚的讨债的口气，问他可卖到一块钱，这是毫无疑义的。但一旦听到他今天卖了两只洋，在她，一个永远在饥饿与苦恼里打转的女人，那将是一个多么意外的惊喜呀！他仿佛看见妻的脸上露出了一丝从来不曾看到过的和悦的微笑，拿一块破布抹净了一张木凳子让他坐下来歇歇力；同时用一种从来不曾听到过的婉转的口吻，说他出去之后，阿保一直睡得很好，现在也没有醒，所以他最好也不要去打扰他的睡觉罢。她接着还说，阿保的病象虽说没有起色，可也并不加凶，危险是不会有的了。她就怕他外面也老担心保儿的病，因而做生意也打不起精神，那才真糟透了啦。现在既然有了钱，马上可以上竹茂里去请王先生。去年隔壁陈得发的小孩子比阿保还病得更凶些，但吃了王先生的三贴药，不是过了一个星期又会拾破布吗？阿保正月里给他算过命，瞎子先生断定他大起来还会做老板呢。那样一颗福星会死吗？现在，跑了一个下午人一定人很累了，歇歇力吧。王先生她会去请的。说着，她开始用一种从来不曾见过的矫健的脚步跑出去了。他心里非常舒服，因为她说的话实在句句太中听了。目送她的影子消灭在门外之后，他就偷偷地站起身，蹑手蹑脚的移到阿保的床前。阿保闭着软软的眼皮，睡得正甜。两个腮颊红红的，像两颗小苹果。唇上拥着微笑，仿佛他在梦中买到了一个想了一年，终于因为爹爹妈妈太穷了，始终不曾捧在小手里抚弄过的洋囡囡。他也只微笑着向他看看，没有做声。接着轻轻地伸出了两个手指去抚弄他的头发，深怕手势重了会惊醒他的好梦似的。

嘟……嘟……嘟……嘟……

一阵突然而来的声音又劫走那甜睡在他眼前的阿保了。慌忙地抬起眼睛，一辆绿色汽车正在缓缓地驶进弄堂里。汽车里坐着一对年青的妇人，脸上打满了粉和脂胭，扭着红红的嘴唇不知在谈什么开心事。在她们膝前，堆满了许多大大小小红红绿绿的纸包。纸包上盘坐着两个粉红色的洋囡囡，肥胖的，可爱的，正是阿保梦想了一年而始终不曾得到过的。汽车夫露出了骄傲而又厌憎的脸色，歪着眼睛向他看看，口里在穷凶极恶的吆喝着：

"猪啰，寻死吗？还不滚开！"

他一声不响的怀着委屈蹩到弄堂外面。心里重新又盖上了一片黑暗的云。他很牵念阿保的病势，不知此刻有否变化。听说上海近来什么红斑痧很流行，染了这个病只有三天好挨。阿保的脸色不正是很红吗？也许就是红斑痧吧？那怎好？下午又只卖了六角钱，怎么能替他请医生呢？他仿佛看到阿保的面孔此刻已红涨得像自己喝醉了白干的时候。两只小手儿尽抓着他的面孔，显然两个腮颊已热得受不住了。他一面在床上打着滚，一面哭喊着妈妈，一定要脱下他的小衫裤。妈妈不准他，他又乱喊着爸爸。于是他的妈妈没办法，心里又急又慌，禁不住也哭出来了。她一面揩着眼泪又拍着阿保，一面哭骂着他这“老勿死”，将病人放在家里不管，在那里歇下了担子打渴睡。

天！这样的情形，我怎好转去呢？真倒是死了我这条老命还干净些！啊，做人总要做有钱人家的人呀！他们的小囡个个养得白白胖胖，稍稍有点不舒服，半夜三更也会开了汽车请三四个郎中先生给他医。你想福气多么好！我们的阿保，人真伶俐，只要看见我的朋友进来便干着叫伯伯，跳上了膝头要他抱；那一个朋友见了不称赞他？什么事情都一教就学会的。谁对他好，谁对他坏，都分辨得很清楚。啊，我的保儿，像你这样一个聪明人，为什么不投到有钱人家的娘胎里去？要是你生在洋房里，不要说一个洋囡囡办不到，便是汽车也有你的福份坐。不说这样病重做爷娘的没有钱替你医，只要你喊一声嘴干，便会有娘姨拿了白瓷茶缸来喂你。保儿啊，这只能怪你自己命苦啊！做爸爸的实在金元宝一样欢喜你的，可是他卖不掉馄饨有什么法子想呢？要是可以换一条性命去生病，你的爸爸就是代你去见阎王也愿意的……

仿佛阿保真的已经死去了，裹着一身破衣服，挺在一张黑污的又低低的木床上。一碗油灯燃在他的赭黑色的小脚旁，惨绿地微笑着。娘在抚尸痛哭，一大颗一大颗的眼泪落在阿保的脸上。

天色又渐渐放晴了。雨后的白云在晚空中飘着，速度很慢，像要堕到洋楼的顶上去。街灯的光渐渐明艳，水绿色的，夹在马路两旁的列树里，在偷偷的窥着行人。汽车如水流一般在马路上驰卷。电影正散场，红男绿女成群的涌出来，唇上都留着一种满足的微笑。从白俄老太太主持的咖啡馆里，装在留声机器里的抑扬的舞曲断续地传递到街上。这正是绅士太太们的美丽的都市的傍晚。一个春的都市的傍晚。

但对于他，这卖馄饨的老头子，虽然天天在马路上等待黄昏慢慢盖到地上来，却从不曾留心过黄昏的忧愁的美丽的。有之，便是天又夜了，馄饨还卖不了几碗，回到家里又要听他女人的咒骂，这样一种担忧而已。此刻，更不同了，简直连天色放晴都没有觉到。

也不知道上那里去，他尽挑着担子一步一步向前挨。他的脚非常重，如锁上了镣铐，一步步都觉得疼痛。肩上的担子像山一般压下来，肩胛骨非常酸。身子尽向前倒。眼睛里朦胧着一片模糊的泪水。完全如在黑暗中颠蹶着。

一个漂亮的西装少年，伴着一个二十左右的美丽的姑娘，迎着他的担子踱过来。女的正在剥着一个金黄色的暹罗蜜柑。

剥开皮，伴着一个媚笑献给少年一瓜柑。他笑迷迷的接了过去。咬下半瓜，又仍旧递到她唇边。她顺着男的意思咽下去了。接着昂起头儿向他做出一个无限风骚的媚笑。

吃完蜜柑，女的拿橘皮抛到路上去。凑巧，正碰到这心乱如麻的老头子的脚下。踏上去，他滑倒了。一阵呯澎呯澎的声音四溅在马路上。

小小的铁锅子。洁白的碗片。碎纸一般的馄饨衣。鲜红的碎肉松。银丝般的面条。银角和铜板。酱油，葱以及其他的配料。一切都滩散在马路上了。这老头子被压在这担子下面，软软的，像一只断了腰的螳螂。一时间，他一点声音也没有，约摸晕过去了。

等过了三分钟之后，他才忽地挑去担子，跳起来了。眼泪如骤雨一般挂下来。他先抢银角和铜子。接着光着眼睛看看这块碎碗片，又看看那块碎碗片，看看肉松，又看看馄饨衣。两只手，朝天乱挥；两只脚，疯一般地在这堆牺牲品周围兜圈子。狂叫狂喊着，他完全不知道怎么办法。

接着，等到人稍稍清醒了一点，他才陡然记起这橘子皮是一个女人抛过来的。连忙睁大了眼睛，到处找。但眼前就放着那女人，她已站在担子旁呆住了。

这一幕祸变，这一阵突然而来的砰澎的声音，这一个老头子被压在担子下面，起先像使这女人吃了一惊。“哎呀呀！”她不自觉的这样叫了出来。男的也怔住了。接着她忽然看到自己的新制的粉红绸长旗袍给溅满了酱油渍，像受了侮辱似的，她的惊惶的心绪又突然变成了懊恼的。“哎呀呀！”第二声又不自觉的叫了出来。

“赔我！赔我！你赔我！”他不顾一切的揪住她了的衣角，悲惨的然而声音非常迟钝的说着，他的舌头有点转不过来。他那两只衰老的又充满了疯狂的血的眼睛，愤怒的又深怕她逃走似的钉住她。

被这样一只龌龊的老弱的手揪住了衣角，在她，觉得这是一种生平从未受过的侮辱。她又气，又愤，同时又急得说不出话。她那脂玉般的纤手，她那惯和西装少年挽着漫步的纤手，又不敢伸出去挥它。啊啊，这是一只樱黑色的骨瘦如柴的砌满了皱纹的做馄饨的手哟！

男的，看到自己的爱人被这样一个下等人在青天白日下面牵住了衣角，甚至被他那无赖行为气得话都说不上，心里也像被一把尖刀插进去了。岂有此理的！天下真有这样岂有此理的事情吗？他也顾不得这老头子的龌龊了，慌忙伸手扳住了他的手，一面睁着眼睛气喘喘地说：

“哟，你发神经病吗？——手放下！滚！”

“赔我赔我，先生，我要她赔我！她的橘子皮把我的担子滑倒了，我要她赔。”他死命地揪住了不肯放手。

“你真的发昏吗？说出这样混帐的话来！瞎了眼睛自家滑倒在地上，硬缠着王小姐赔偿，你这无赖手段那里学来的？——手放下，不然我叫巡捕。”少年用力扳开了他的手，另一只手握起了拳头。

“叶，你瞧瞧，我的旗袍给他打满了酱油渍！”看见一个骑士出来为她保驾了，心一宽，她总算好容易透过一口气，说出话来了。但她的粉颊同时又忽地羞得绯红了，因为她看见四周已经围满许多人，每一只眼睛都跟着她的声音注意到她的酱油渍，而且每一个眼光都仿佛在说着她的笑话。

酱油渍？一件粉红绸的旗袍给溅了酱油渍？而且在马路上！那还成个什么样子？西装少年看看他爱人的旗袍的下缘，果然斑斑地给装满了鼠粪一般的斑点。啊，这件衣料是自己剪来献给她的，她第一天穿在身上的日子便是第一天给他蜜吻的日子。这是他们爱情开花的象征。现在被他溅上了酱油渍，这岂不是他们的爱情受了他的污秽吗？一股遏止不住的怒气冲上这少年人的胸口了。挥起拳头向这老头子的脑门上劈下去，报复似的，同时还用漆亮的皮鞋尖踢着他的小肚子。“哎唷，哎唷”的喊了几声，又抖着身子挣扎了一回，这老头子跌倒了。

“救命呀救命！巡捕先生，救命！”

四周围看热闹的闲人都笑起来了。他那样子，驼起背，抖缩着四肢，鼓出了一对眼睛，活像一只虾蟆。涂满了眼泪鼻涕在地上打滚，口里乱哼着“巡捕先生，救命。”

“哈哈哈，你这老头子自家也太不留意了。怎么会踏到一块橘子皮上去的?”一个胖子半打趣半教训似的说。

“喔呀，这老头子怪可怜的。这样大的年纪还要自己出来做买卖。耳聋眼花，不给汽车轧死，他的运气总还算好的啊。”摇摇头，一个自以为对他表示同情的中年妇人说，而且还替他叹了一口气。

“你们都不晓得的，瞎说。你们看他老吗?是的。可是老虽老，他的骨头结实得很呢。一个礼拜前，我亲眼看见他在卡德路口也跌倒了一次，给一部运货汽车撞倒了他的担子。哈哈哈。他起初也像今天一个样，哭，跳，拦住了汽车不肯放。但过不多久汽车就走开了，他也揩干眼泪若无其事的挑起担子走开去了。你们不要以为他今天疯，你们看，马上又会心平气和的……”一个戴瓜皮帽的烟容满面的瘦个儿笑着说。说完了话他很高兴，因为那西装少年很注意的旋过头来听他，而且还点着头表示满意。

“放屁！要是他有饭吃，谁高兴落雨天摸出来?也许此刻他的老婆饿在家里等他，也许他的儿子病在床上没有钱医……”一个穿蓝短衫的工人，听不过这些幸灾乐祸的风凉话，禁不住反驳似的低语起来。但他们立即听到他的声音了，恶狠狠的，一齐拿眼光逼到他身上。于是他赶快咽下了未完的话。

但这句话，“也许他的儿子病在床上没有钱医”却像一颗子弹射进他心窝里。他挣扎着从地上爬起来。蹦蹶着，想伸手再去抓那女人的衣角，但又不敢挨近去。他仿佛比先前胆怯了。看看那男人，正咬紧了嘴唇在那里注意他的动作。他抖颤着牙齿格格地说：

“赔我呀！赔我呀！我的儿子病得要死在那里。”

“哈哈，”西装少年笑出来了，“你们看，瞧不出这老头子倒是一个大滑头，枪花多得很。第一拳打不中要害，再耍他的第二手，拿他的儿子生病来吓人了。”

大家附和着一阵笑。

巡捕过来了。摆开人众挤进去。手里提着一根短木棍，预备随时遇到机会就请它开荤。他到了先不问情由，拿木棍敲敲担子，又点点碎碗片。接着在这老头子眼前晃了晃他的棍子，（仿佛替他的木棍找到了开荤的机会了！）说：

“怎么，你倒了担子不收拾？尽在马路上吵什么？”接着举起了他的木棍，（对，开荤的时机快到了！）加重了口气说。“快点，收拾了东西走路，不要再在这里妨碍交通讨木棍吃。”

“巡捕先生，可怜可怜我！这位小姐拿橘子皮抛到我脚下，把我的担子滑倒了。”他抖着手指伸向那位蜜丝王。仿佛巡捕到了眼前，有了讲公道话的，有了伸冤的泰山，胆子也大了起来，第二次想伸手去牵住她的衣角。但终于又在西装少年的一个威严又可怕的眼光之下缩了回来，移到自己的脸上去揩眼泪了。

“朋友，我对你说，”少年拍拍巡捕的肩膊，而巡捕是和颜悦色地向他顿顿头。“这老头子自己不小心，不知怎么滑了一交，却向王小姐放无赖，硬缠着要她赔钱。你说，不岂有此理吗？而且，”他伸手掀起了王小姐的旗袍的下幅，她那两只弧圆的裹着长丝袜的肥腿儿露在外面了。“还溅污王小姐这件新旗袍！这是巴黎货，中国钱要化到三十八元。卖了他整个的馄饨担子来赔偿，恐怕也不及三分之一的钱呢。所以，你这次必须重重的惩罚他。否则，下次他会闹出更大的祸水来也说不定的。”

那些看热闹的此刻早已不在听这位西装少年的侃侃的大议论，目光移到王小姐的肥腿上面了。

王小姐也向前扭了二三步，撒娇似的向巡捕说：

“你看，给他弄得像一块印花布了，还好再穿吗？”

看看巡捕先生一声不响的听他们的话，不加以半句反驳，更没有表示丝毫要她赔钱的影子，这老头子可急起来了。他颤着膝关骨，像要向巡捕先生跪下去，一面抢着说：

“巡捕先生，你不要相信他们的话。我的话句句都是老老实实的，这位小姐的橘子皮害了我。我要她赔，我一定要她赔的。你替我讲句公道话。巡捕先生，你可怜可怜我，一定替我讲句公道话吧，因为我是靠这个担子吃饭的。”

突然呜呜咽咽的抽起来了。简直像一个小孩子。大家都看得好笑。巡捕也笑。

事实是完全明白了，这老头子自己不小心，滑倒在一块橘子皮上！而这橘子皮，无疑的，是这位王小姐抛过去的。但马路上抛橘子皮是犯禁律的吗？决没有的事。便是自己落了班，有时也时常剥着一个橘子回家去的。所以只好怪她自己不小心。但为了老头子太可怜相，本来照例对于下等人吵架时所必需的，摆一个架子，发一回威风，请他吃几棍木棍的例行手续，总算完全给他豁免了。他敛住了笑，慢慢地说：

“不要再说了。你们的事情我完全明白的。总算你运气好，王小姐不要你赔旗袍。现在不要再啰嗦什么了，走吧。”

像天崩地塌的呆住了。怎么，连巡捕先生也这样不讲理吗？他气喘喘的一时说不上话，两颗眼珠死一样的呆在巡捕身上。过了一会，他才号淘大哭的喊了起来，但喊出来的还不是这几句使巡捕听了头痛的话：

“巡捕先生，可怜可怜我，你一定要说句公道话的。——我的儿子病得要死，等我卖了钱回去给他医病的。”

“你听听，他的枪花才多哩。正经的道理说不出来，二次三次拿儿子要死来吓人。我看这样一个有骨无血的老头子，恐怕也不见得会有儿子吧。”

西装少年漂漂亮亮的毫不在乎的说着。此刻他完全脱离了当事人的地位，仿佛也是围观这一幕趣剧的一个旁人了。

“对对，这寡老那会有儿子！”看客中间也有人附和着。

巡捕是为了这老头子不识相，没有顺从他的意思挑起担子走，反而继续向他纠缠着，这使他，感到不仅自己的威风受了打击，甚至巡捕房的尊严也都受到侮辱了。

他知道，这老头子又是一个愚笨到非给他吃木棍子不肯心服的人。

骤然挥起棍子，在老头子眼前扬起一阵风，一颗老泪被击落到腮颊了。

“不要吵，马上滚！否则，我带你到捕房里去。”

接着又在老头子眼前晃了晃木棍子。听到那官员似的凶狠狠的口吻和沈重的棍子的风，他先是本能地头儿向后一缩，随着腿儿不自觉的向后倒退了二三步。

那西装少年已挽着王小姐走开了。咭咭哝哝的，嘴唇哺着耳朵又在低声谈心了。也许在气他那野蛮的动作吧。也许在嘲笑他触霉头吧。也许在商量上那里去用晚餐和怎样享受饭后的黄昏罢。他有时回过头来，留下了一个讥笑和不屑的眼光。

女人已经走掉，看客们也再没有这趣味站下去。大家知道这幕趣剧将就此完结，于是也一哄散开去了。

巡捕的木棍是进一步逼到老头子身上，拍拍拍，在他那有骨无血的腰上击了三响，强迫他拾起地上的木柴，铁锅，馄饨衣和其它的一切，因为他也懒得再和这不识相的老头子继续纠缠了。

幸福的秋夜

时间下午二点钟了。头上碧海似的青天里嵌着一轮金色的太阳，把温暖的光线洒在一切建筑物，行人道，以及两旁的列树上面。人在行人道上走着，浴在这和暖的秋阳里，会感到炎夏失去的精力重新回来了。这时候，渭水从电车站慢慢踱着回家，心里是充塞着一种奇怪的兴奋的感觉。一进亭子楼，便立即打开窗门，让微凉的秋风漏进来。

因为昨夜不曾好好的睡过，照例应该人已疲倦，譬如平常打一晚上竹牌，到此刻也精神不济了。可是今天偏偏很奇怪，渭水觉得自己仿佛久睡之后醒来，精神怪饱满的。当他从电车上下来的时候，本想先顺道去看看子超的，但为了想起昨夜的事情，两个腮颊古怪地热起来，于是脚步也变成踌躇了。更兼整两天没有回来，怕房东太太疑心自己发生什么意外，终于决定先转家了。

侧着身子倒在铁板床上，糊糊涂涂的裹上一条印花布的薄被，勉强闭上眼睛，想养一养精神。可是怎样也睡不去，跑马似的，一股热辣辣的东西在脑筋里乱转。仿佛仍旧在秋风料峭的昨夜，仍旧在灯光明媚的小房子里，仍旧有一个十八九岁的女人陪伴着他。那女人虽然不怎样好看，但是那样会迷人，那样会讲话的。于是渭水又记起了今天临走时她怎样从被窝里探出一个苍白的脸，一个掩在蓬松的乱发里的惺忪的脸，同时伸出一只肥白的手，一只软绵绵的橡皮做成的小手，一边牵住他衣角，一边叮咛他今天晚上再去的情形。

怎样也睡不着了，重新从床上起来。好像才喝过酒，面上热辣辣的。甚至心口都别别的跳起来了。渭水觉得房间里非常气闷，连气也喘不过来。于是在房间里踱着，可是也踱不出一个道理来。只有愈来愈增加一种紊乱吧了。

看看太阳，高高的挂在西边的屋顶上，离开夜晚的时候还长着呢。唔，在房间里边呆不下去，还是去找找子超罢。反正迟早总要见他的，那又何必现在怕难为情似的不好意思见他呢。于是他伏到窗口去，大声向楼下叫着：

“黄妈，你上来。”

一个三十多岁的瘦女人，房东太太的娘姨，带便也招呼渭水的这黄妈，这时露着一个正经的面孔拿着信进来了。信，家里寄来的，不要拆开便知道又是来要钱的，真惹人肝火升上来。所以他没有拆，生气地塞在抽屉里了。而且为了这封讨厌的家信，当渭水拿了一块钱给黄妈，教她泡一壶热水，再买一块法国货的檀香皂时，也还余怒未息，仿佛是黄妈给他带来了这杀风景的心事，使她瞠着眼睛莫明其妙的望着渭水。

“陈先生，陆先生已经在上半天来找了你两次呢；还吩咐我告诉你，要你回来马上就去一趟呢。”

子超已经来过了两次吗？这家伙倒真有这兴致寻别人开心。于是，仿佛被黄妈知道了自己的秘密一般，仿佛黄妈露着两排黄牙齿正是在嘲笑自己一般，觉得怪不好意思叫这女人再站在面前。

“唔。晓得了。——你快点上街去，我就要到陆先生那边去。记住，肥皂要巴黎货，叫做檀香皂。听懂没有？”

打发黄妈走了之后，仿佛逃过一个关口，心境才勉强又平静下来了。他觉得子超已来过两次，倘若自己再不快点去，这家伙一定又会赶来的。赶来倒没什么关系，只是他会说给你听一些不中听的话，来替他连跑三趟的脚出一口气，这又不是一回乐意接受的事情。你想想，像子超那样一个漂亮朋友，什么顾忌都没有，什么话都会说的。

从口袋里抽出一个朱红漆的纸烟盒，潇潇然的嚯的一响，揭开盒盖，抽出一枝茄立克呷在嘴上。用同样潇潇然的手势擦着一支火柴，点上火，看白烟袅袅地伸上天花板去。于是重新在铁床上坐下，和闲地抽着烟卷。这时候，昨夜的经过又像一篇小说似的浮上脑海里，而接着是一缕惊奇的愉快的微笑挂在唇边了。唔，这真是一缕胜利的快慰的微笑啊。

昨夜他们从公司里出来之后，因为时间还早，渭水为要款待子超，便硬拖硬扯的邀他到杭州饭店去喝酒。楼上人不多，靠窗也还空空如也的，这地方使渭水感到满足，因为可允许他们放纵地自由谈天了。拣了几样时菜，温了一壶陈年花雕，两人便对酌起来。汽车在爱多亚路上连结成一条急流，停止不住的向前奔泻着。窗内窗外都是明耀的电灯，倘不是壁上的自鸣钟告诉你，已辨不出此刻已经几点钟了。子超一面喝酒，因为要在渭水面前出出风头，做个老上海的光荣，所以同时喉咙愈提愈高，话语流水似的泻满一桌子。

“老陈，喝饱了酒，我再带你上一个地方去。”

“唔唔。”似是而非的答应着。

“哈哈！怎么，去呢还是不去？你说。”

“什么地方呢？你先说呀。”

“同我一块，你还怕上当吗？——”不知怎的，他这时忽然把声音放低，拿一个酒气醺醺的嘴哺到渭水耳朵边说：“我们一个小同乡的家里，那里有着一个标致的姑娘，一个土货呢。嘻嘻，一个本乡货呢。”

面上一阵热，子超眏着眼睛不好意思开口了。于是只好露着一脸无意思的笑，望望子超，子超眼白上布满了红丝，这一对老痧眼又加上了酒意。

“唔唔唔，好一个君子人啦!”因为这一个提议没有得到渭水的反应，子超当真有几分不高兴的样子。可是还是往下讽刺似的说着：“你们这些人便是这些地方不老实，狐狸都有一条尾巴的，何苦在我面前装假正经呢，前次王碧城也是这一手。”

倒出一杯黄酒喝下去，又倒出一杯黄酒喝下去，现在在一个人羞怯着不说话，一个人气愤着不说话的陡然的沈默里，桌子上面的空气显得怪紧涨了。但结局终于子超耐不住，气愤愤的重新打开话盒子，声音里显得有些沈重和不舒服。

“老陈，我老实对你说明白吧，这个小姑娘和我有着某种特殊关系的，所以我自己没有这福份。现在不准你再含糊，今夜便是拒绝也要拖了你去的。”

正夹着一块牛肉放到嘴边去，听到这番话又把牛肉放下了。

“喔呀，老陆，你那来这权力可以强迫人呢?”放下筷子笑了起来。

“强迫就是强迫，没有什么理由的；理由就是你今晚不该跟了我来。”子超一点笑容也没有，像煞有介事的大声的说着。

渭水终于答应了。一半因为好奇心，很想见识见识所谓婊子到底是怎样一种特殊的女人，一半因为口袋有的是赢来的钱，落得阔他一个黄昏，反正明天星期日照列有假可放的。况且上海做人最犯忌就是规规矩矩。不像乡下人家，辛辛苦苦的结个一二百块钱，就可以买几亩地，一方山，或是一座小房子，上海是要会胡调，会化钱应酬，才慢慢巴结得上大好老。就说子超吧，虽说做事情漂亮，总也不见得天生就如此这般的，还不是靠自己多年胡调得来的成绩。

拿酒杯和子超的碰碰，两个人又都笑颜逐开了。

“喂，老陆，事情总算被你强迫成功了，我也没得话好说。可是这女人倒底和你有着什么特殊关系呢，而且到底是一个怎样的女人呢，这可要对我先说清楚的。否则等一忽恕不赔你同去登门奉访。”说着放声笑了起来。

子超用油滑的眼光看看渭水，接着做做歪脸，意思是笑他刚才的一切都是假正经。可是没有说出口来，为的深怕这位道学先生又中途翻悔。相反的，他倒真的收起笑容，而且正经的回答他：

“老陈，说起来也是奇怪的，一个多年不见的竹马伴侣，会居然在上海的万丈红尘中蓦然相逢的。——刚才我说的那女人，我老实告诉你，是我弟弟的奶妈的女儿。因为她是个寡妇，所以到我家来喂奶，同时也带了她的女儿来，寄养在我家里。那时我爸爸在江北经商，妈妈整天忙碌着家事，所以我是没人照管的。奶妈的女儿来了，我就和她厮混在一起，妈妈也没这时间来干涉我们的一切的。我记得她小时候是一个圆脸孔，红红的，我们都拿福建橘子当她的名字喊着的，我老爱欺负她，强迫她在后园跟我一块顽，不管她愿意不愿意。记得有一次我拖她上后园去学结亲，她不肯，我强迫她也不肯，结果我发气了，拿起一块大石子掷过去，打得她额角青紫了一大块，她放声大哭了，惊动了妈妈，便来查明了这回事，罚我在上房整整关了二天。——老陈，不觉得心上有点酸溜溜的，引起了你的醋劲儿吗？”

子超笑着掏出两枝烟卷儿。一枝自己擦上火。一枝给渭水。当拿烟卷递给渭水的时候，渭水正在当真感到几分不好意思，于是只好勉强一笑，把局促藏盖在笑容下面去了。

“这样厮混了四五年，她母亲上杭州做娘姨去了。月娥也离开了我家，寄养在舅舅家里。仿佛那一年她是九岁，我是十三岁。我也就在那一年上县城里进高等小学去了。以后就没有再见过。但中间仿佛也曾听到妈妈说起，月娥的娘在杭州变坏了，跟上了一个什么做西装的裁缝，连月娥也拐了去。但我没有把这话记在心里。一直到今年春天，是个星期日吧，我和李笃信一块玩城隍庙去，才再看到她们母女两个。我已经完全不认得了。

不过因为看到这女人长得还漂亮，我们就大家站下来看她烧香。倒还是她这老太婆记性好，看到我便惊异地向我打量起来，接着就过来招呼我了。我当时很奇怪，怎么她们也会漂流到上海来呢？但刹那间我又记起母亲说过的话了。于是也就在这老太婆身上发现了她也有着那一流属于鸨妇一类女人的气派。她当时邀我们上她家去坐坐，于是不久之后就明白她们近来的生活也很难，生意非常清淡。——不过最近又有一个多月没有去过了，大概总还不致于搬家的。”

“我就不相信你会这样老实呢，老陆？哈哈哈哈！”大概多喝了一点花雕酒的缘故吧，这平素说话最多筹绪，最不肯痛痛快快吐出来的陈渭水，也居然醋溜溜的寻起别人开心来了。

子超从鼻管里哼出笑声，歪着眼睛看他，一边说：“老兄放心，老兄放心！”

他们继续在酒楼上鬼混了一会，看看时间已经不早，便会过账，走出杭州饭店了。

爱多亚路两边的行人道上，已没有先前那样拥挤，只疏疏落落的几个人在慢慢踱着。汽车也很少，偶然有一辆呜的飞过去，也再没有接着跟上来的第二辆了。电灯的光线显得异常惨白，两旁的房子仿佛给笼罩着一层死色的白雾。

渭水虽然没有多喝酒，可已有几分朦胧了。跟着子超糊糊涂涂的走去，也不辨这方向是向那一边走的。只觉得他们的谈话之中多夹了一个人，但也没有听清那另一个在说着什么。待到这声音愈来愈繁，漠然回过头去瞧一瞧时，才看到一个瘸脚叫化子跟在后面不断的唤着大爷。渭水要摸个铜子给他，免得他再纠缠，可是子超却又伸手拦住他了。

“你真好，有钱布施小瘪三？省省吧，老兄！”

绕了几个弯，在一家大饭店后面的小弄堂口，这样阴暗而潮湿的，充满了这样又臭又腥的刺鼻的一个小弄堂口，子超跨进去了。知道目的地已经达到了，不知怎的，心窝里忽地又勃勃的跳着血，脸上也热辣辣的不舒服起来了。

唔，这样不中用，以后怎么能时常跟着子超鬼混呢？勉强自己嘲笑着自己，勉强要把脑筋移到别的物事上边去，勉强要装得大大方方，这也不算怎么一回事，可是不成功！结果，当渭水扶着一条滑滑的窄狭的木梯跟上楼去，一脚踏进一间陌生的房间里面的时候，同时带进了一颗不安定的怔忡的心。

一个穿旧花缎夹衫的，油头光脸的中年女人迎出来了，一见是子超，便殷勤地笑着让他进去，一边尖着喉咙说：

“啊呀，陆先生，好长久不上我们这里来坐坐了，今天怎么有空呢？——姆妈，陆先生来啦。”

一个五十多岁的老妇人也跟着出来了。最先给予渭水是一个吃惊的印象！怎么这老太婆脸上这样干瘪，满脸皱纹，没有一点血色，只有一张枯皮蒙盖着一副骨头，活像一个戏台上的女巫，或者魔术班里的人。她头发已经没有了，可是桂花油添得很多，在电灯光下亮得眩目，她牙齿也掉落了，但一开口却满眼金光光的，那样一副奇奇怪怪的样子，因此渭水不敢多看她。她仿佛正在病中，见了面一时说不出话，只拼命的咳嗽着，气也透不过来。

“陆先生坐呀。——这位是谁？几位朋友一块来的？喀喀喀。”

“就是我们两个。——”这时忽然向渭水示意地瞟了一眼，累得他面孔又热起来。“这是陈先生，我们都是同乡哩。哈哈。”

“陈先生坐坐。——房间里很龌龊，陈先生不要见笑。”操着一口很圆熟的苏州话。

心慢慢平静下去了。可是总不出话来敷衍这老太婆。看看这房间，是和上海一般小家庭所常有的一个厢房，用板壁隔开，他是坐在前面。一张假红木的方桌子，四把假红木的椅子，放在中间的一盏电灯下面。靠墙上着一张半截的铁床，一床触目的猩红的绸被铺在上面。此外还有一个梳装台，一个衣架，几把方凳子，房间内也不得怎样挤。几幅月份牌的美人画挂在墙上，大概已经过不少岁月的侵蚀，已尘灰满面，老态龙钟，只能和这老太婆做做朋友了。

但是这老太婆虽说使人不愉快的古怪样子，可话却很多，夹着咳嗽夹着笑，真像打开一只留声机器似的，别人没有搀进去的余地。她随便周旋着两个男人，招呼茶，招呼烟，谈到乡下，谈到上海，谈到一切琐碎而令人发笑的事情，面面应酬得很周到，而且仿佛一点也不费事的样子。于是渭水对她慢慢的改变了感情，觉得这老太婆倒也深懂世故，并不像她那面貌似的使人作呕。

“阿娥呢？上旅馆去了吗？”子超耐不住似的催问到她的女儿。

“今天下午刚来了一个熟客人，新从无锡搭火车来的，叫阿娥一道看电影去。现在大概就快回来了。她也时常提起陆先生，怎么许久都没有到我家来坐坐呢。”

子超又望着渭水笑了一脸。渭水只装没有看见，和这老太婆搭讪着，问她咳嗽几天了，看过医生没有。

“我这老病是医不好的。有时略略宽畅几天，天气一不好，就又要复发了。三个月前头也到乡下去住过，本想好好的休养一个时候的，可是终于住不惯，隔不了十天又转来了。”看看渭水手上的烟卷快要烧完，马上驼着龙钟的身体又递过一枝去，一面从从容容听着子超的话。

“对啦，你这老病应该到乡间去静养静养才好。上海煤灰多，怎么不要损坏一个病人的肺部呢？可是你既去了怎的又回来，那样空气新鲜的幽静的地方怎么还会住不惯呢？”

“医生也像你陆先生这样劝过我，我自己也何尝不是这样想。不过，陆先生，喀喀喀……喀喀……”突然又咳嗽起来，两个腮颊抖个不住，于是她连忙捧起一只红瓷的茶缸，喝了几口茶润润喉咙，等到嗽咳止住了，气也透过来了，才又笑着说下去：“陆先生，你知道，人一在上海住久了就要变坏的。你想想，乡下人睡得多么早，差不多七点钟左右就要上楼了，可是，这时候我那里睡得着呢。而且，我近来人老了，脾气也改变了，一个人再也坐不住，总要找个人谈谈闲天才挨得过时光。但我又不好意思碍难他们，他们明天又要一早上田坂，我是知道的。那我只好张着眼睛看帐子顶，张着眼睛胡思乱想……”大概喉咙又干痒起来了，她抖着手指去抓过茶缸，喝了几口茶才又接下去：“第一夜倒还好，因为一路火车轮船实在人太倦了。第二夜就简直是受罪。翻来覆去的睡不着，只听见狗叫得凄惨。于是我就想到这时候要是在上海，那就好啦，要是有气力，我可以上书场听听说书，就算身体不好，也不致没有人陪我谈天的。喀喀……喀喀……”

“对啦。上海住惯了就不想回乡下去了。”渭水无意思的独语着。

“还有，我这一趟回去，大家都说我老了。据我自己想想，我们在上海吃得好，用得舒服，不像乡下种田的，无论大热天落雪天都得起早落夜的辛苦，照理总该比他们轻健一点的，那晓得我们的身体比她们更不如呢。我有一位堂嫂嫂，今年四十九岁了，可是她还会自己舂米。自然，说起来也是怪伤心的，这叫做穷人无路走，没办法。乡下近来年年收成坏，租米又重，官家的捐钱也缠不清的多，你不自己辛苦又怎么过日子？我看看她也实在苦得可怜，连吃一碗米饭也要计算计算，最好能够节省下来……喀……喀喀……”

“日当夜，夜当日，上海人怎么会望得到长命呢？”渭水接上去说。“精神不济的时候，拿鸦片提提神，有的人简直拿鸦片烟当饭吃，没钱的甚至吃红珠子。反正上海租界里有外国人保护的，你要抽鸦片烟，只要你有钱，便是躺在马路边抽也没有人干涉你的。此外还有什么影戏院，咖啡馆……”他本来要说妓院的，可是话到口边，忽地记起这里是什么地方，于是红着面孔不好意思的缩住了，搭讪着说：“大家都整夜的糟塌着怎会不伤身呢。”

“我讲个笑话给你们听听：去年清明我转家扫墓，看坟的人把我和父亲当成兄弟俩了。说得我父亲哈哈大笑。其实，我父亲到今年还是满头黑发，我却已经秃顶了呢。当时我曾经跟他们寻过开心，我说我是上海人，凡是上海人都讲究秃头发的。”说得三个人都笑了。

“尊大人身体还像从前一样吗?”这老太婆问。

“托福托福。”

笃笃的皮鞋声在楼梯上作着急促的反应，知道有人上来了，而且心里也希望是月娥上来了，渭水急忙旋过头去。一个裹着桂黄色的长旗袍的女人的侧影，袅袅地晃在他的眼前。

“你怎么到这晚才回来呀。陆先生等了你半天了。还有这位是陈先生，过来见见。”这老妇人的脸上显出比刚才更加欢欣的神气。

大大方方的向渭水笑了笑，点了个头，接着便招呼子超，问他怎么这么久不过来玩玩。

“你们二位多坐坐。阿娥在这里陪陪陆先生陈先生吧。我这回到后房躺躺去，过一会再过来。”

旁着渭水月娥下了。拿出一个小小的粉盒子，对着一面小手镜在面上匀上香粉，又在嘴边搽上胭脂。渭水呢，闻到一阵富有挑拨性的香气冲进他的鼻管，弄得神志有点模模糊糊了。一个中等的身材，裹着一件紧身的长旗袍，眼睛也不很大，鼻子也不是顶高的，不过皮肤非常细白，再加身体很瘦弱，在这黯色电灯光下，颇显出一个飘零在这红尘里的烟花姑娘的憔悴，和子超在杭州饭店里所描摹的完全是两个人了。

她对子超很亲昵，谈话之中时常夹着嘲笑戏弄的成份，而对渭水则很客气的应酬着。渭水觉得很愉快似的，看着他的动作，听着她闲话，而他感到很满足了。

大约经五分钟之后，子超忽然拉着月娥，在她耳边轻轻说了一句什么话。于是她便用一种撒娇似的，又像做作似的，为渭水所不熟习的，但同时又可理解这是这一类女人所特有的动作，一面脱出了子超的手，一面似嗔非嗔的笑着呸的嗤了他一声。接着，拿这一对含着同样的笑的眼睛，像二颗夜星一样，羞怯怯的溜到渭水身上打量似的看了一眼，接着立即又溜回到子超前面，假作忸怩地露出了一个微笑，同时用眼光向他歪歪。

子超对她说的什么话，他当然知道的。此刻他已经没有丝毫的促促，反而希望子超早点走开了。在他的感觉中这里已不似刚才的沈闷，一切东西都换过颜色，甚至壁上那二个美女也年青许多了。

“老陈，你听到我们刚才的秘密谈判吗？我同我们的阿娥姑娘谈好了，今天晚上给你们做个媒人。”

“陆先生，你勿要讲瞎话呢。我不肯饶你的。”拿出一块粉红色的小手帕，假装着要塞到子超嘴边去，同时回头向渭水微微一笑，这是令渭水销魂的娇媚的一笑啊。

“嘻嘻嘻！我同你姆妈说去，好不好？”子超撅起两片嘴唇，做做歪脸。

“呸！”阿娥什么都没有的向他娇唾了一口。

渭水也想搀进去说句笑话。可是怎样也觉得没法开口。他只待说不说的望着月娥和子超笑笑。

“你勿要装假正经，我说的是正经话哩。”子超笑着站起来了。“时候已经不早了，你们早点睡去罢，我也不好意思再吵扰你们了。老陈，明天再见。”

“陆先生，再坐坐去。时候还早啦。”这回她没有再装聋作哑了，只这么留一下，并不当真再去找他回来。

“真的留我坐一会吗？那我又癞屁股坐下来了，你们可不要悔！哈哈！”

但子超并没有坐下来，是哈哈的笑着出去了。月娥也不再去拦阻他。走到渭水旁边走下，开始用本乡话问到他乡下的情形，又问他上海来了几年，和子超什么关系。幽幽的，怪柔和的，东牵西扯的，话是那么多，不断的从她唇边流出来。渭水竭力要想装得从容，和她调皮调皮，可老是心不如愿，连自己也觉得在那里呐呐地说不顺口。两只手呢，仿佛没有地方可放，变得怪累坠。有时也想伸出去握她那白嫩的软绵绵的手臂，可是，只要一动这念头，便面孔会自动地红涨起来，心也慌乱起来了。他只有很不自然的饥渴的望着她。

可是勇气终于慢慢的增加了。他觉得到这里是来逛窑子的，并不是一回什么不正当的偷情的事情，何必这样不自然呢。况且上海逛窑子是最官面不过的事情，外国人一踏上黄浦码头，第一件要做的事情便是探听中国的妓女的所在地……这样一转念，不觉陡然变得从容了，竟伸出手儿去捏住了她的。

“陆先生和你很要好吗?”

“呸!谁说的?”

“陆先生亲口对我说的,你们幼小时候曾经一块结过亲呢。”

“你听他!这位先生最喜欢瞎三话四,寻别人开心。”但她那被捏在渭水手里的小手儿可一动也不动。

一个六七岁的小姑娘跳进来了。月娥牵住了她的手,叫她向渭水叫一声陈伯伯。而她唯命是听的亲亲昵昵的叫了一声。

“这位小姑娘是谁?”

“我的侄女儿。才从乡下来,到上海还不满三个月哩。”她将这小姑娘抱起来,香了个嘴,然后向她,“小三囡,你喜欢上海吗?”

“喜欢得啦。上海天天有电车坐啦,有西洋镜看啦。夜里还好跟祖妈到大世界去看戏啦!乡下顶讨厌,吃过夜饭就要睡觉的,勿听话姆妈就要用青竹梢打我。”小三囡拍着手哆着嘴说。

渭水从月娥手里抱过小三囡,问她怕外国人吗,她摇摇头,天真地说:“外国人对小囡都蛮好的,有小汽车坐,有新衣裳穿,而且都有糖吃的,”说得二个大人都笑了起来。

刚才进门看到那个穿花缎夹衫的中年女人,阿娥的嫂嫂，进来抱去了小三囡，说祖妈叫她好睡觉了。

两个人又夹七缠八的谈着。现在渭水是完全融化在这空气里了。自自然然的会有笑容浮上他的脸，会有话语浮到他的嘴边，甚至会有一些狂浪的为他平日所不能自信的动作发生在他手上。倘使拿白天的渭水和此刻的渭水比较一下，那么这几个钟头的逝去，实在是一条可怕狂流，将他从一条明澄的小溪冲到一片汪洋的大海中了。

渭水忽然抱住了月娥，伸手摸进她的内衣；她不抗拒，也不声响，让他默默地享受了一会之后，才推开他的手儿立起身来，一边扣着扣门一边媚笑地说：

“你这个人也这样痞！男人没有一个不是坏的。”

“阿娥，我看你们的生活才天字第一号舒服呢，不愁吃，不愁穿，又夜夜有男人陪着。——你说我的话可对么?”渭水迷着眼睛对她笑笑。

“不，近来生意上都很清淡，有时连开销都不够。”沈思似的拿出一个小骨梳，慢慢的理着她的乌黑蓬松的头发。

“这话怎么说呢?”

“不要说这些话吧。横竖说给你听也不中用的。”她看看手表，时针已过二点钟。

她走到后房去了。他知道时候不早，就陆续把自己的衣裤褪下。

等她回来的时候，也已经卸下旗袍，裹着一件粉红绸的短紧身。全身的轮廓显得更其清楚了。两个乳房圆圆的耸在前面。渭水被一种不知从什么地方来的力量紧抓着，一把抱在她的上半身，而她也再不似刚才的忸怩，让他紧紧抱着，一同偎到一条绒被里面去。

虽说这是一个短短的秋夜，但在渭水是一个永远不能忘记的秋夜。他从前未曾做过这样大胆的狂梦的，昨夜在一个意外的机会里，竟度过一夜半生中未曾有过的放荡的生活了。

现在，虽说一枝纸烟呷在他的嘴上，却丝毫不曾享受到烟的滋味。他只在回忆里凝视着她那白净的肉体，猩红的颤动的嘴唇，以及睡着的那副美丽姿势和醒来时那种惺忪的倦态……而且他还仿佛闻到她那富有挑拨性的强烈的香气依旧留在鼻边，她那里放荡的笑声依旧蜿蜒在耳边。

一直到纸烟的火头烧灼到唇上，才突然本能地吃了一惊，神志也从糊涂中清醒过来了。将烟尾巴抛在痰盂里，从热水壶里倒了一杯冷开水，骨碌碌的一口气咽到肚里，再重锢锢躺到铁板床上。这时候，大概为了刚才的狂想过度的缘故罢，觉得脑子很痛；仰头看看头上矮矮的天花板，仿佛摇晃着，像要压到他身上来的样子。

啊啊，只要有钱呀！只要有钱呀！上海是什么写意生活都可以办到的。无怪乎有钱人的神气很骄傲，原来有钱人是可以享受意想不到的幸福的生活的！自己呢，现在是没有钱，但是你不必抹杀一个往上爬着的人的希望呀！……

“陈先生，肥皂买来啦。开水也泡好在这里。”黄妈的沙沙的声音把渭水从模糊里喊醒。

坐起身来，从黄妈手里接过肥皂，打开一看，却是一块中国货的桂花肥皂。这一来，几乎把渭水先生气得向黄妈睁出了眼睛。明明再三叮嘱过的，叫她买檀香肥皂，巴黎货，现在却买了一块中国货来塞责，这岂不是存心捣乱吗？拿这块桂花皂往桌上重重地一抛；跟着这一抛的呯的一响，渭水用手拍着桌子，忿忿地大声叱骂着：

“你耳朵聋了吗，还是怎样呢，明明告诉你买巴黎货的檀香皂的，却买了这样一块废料来搪塞。这种中国货就是白送我也不要，你赶快替我去换来。”

黄妈只觉得同是一块香肥皂，怎么买错就会这么开罪的，她张开了嘴，不知所措地望着渭水先生。

“赶快替我退换去，赶快去，你知道我马上要到陆先生那边去的。——这回听清楚，不要再弄错，我要你去换檀香牌肥皂，法国巴黎货，不要再买中国货来。你听清楚没有？”

黄妈不敢做声，知道自己弄错了，只要陈先生不再发怒，多跑一趟，甚至两趟三趟，都是情情愿愿的。

渭水心里还是不舒服，虽然黄妈已经下楼去掉换了。他觉得黄妈做事这样不当心，把别人重要的时光随便耽误，实在太岂有此理。现在自己倘使不再赶快到子超那边去，他一定又会第三趟赶来的。

但事实上焦急没有用，他非等黄妈把檀香皂换回来，洗过了脸，是不会动身的。于是只好再掏出一枝纸卷，燃上火，用力的抽着来消磨时间。

一幅剪影

一

和一个美丽的女人挽着手，拖着自己的怪长大的影子，穿过了一条小小的潮湿的狭巷，弯到霞飞路上了。夜色是那样好，从马路两边的绿油油的长青树上飘下来的风，拂去了行路人面上的热气，汗，疲倦，以及一切热天里担当不住的天气的压逼，拿凉快掷进你心窝里，使你感到舒服。举首看看天上的星星，正像挨在身边的那女人的微笑的眼睛，颗颗都像漾在水里面，没有一点泥垢，没有一颗不干净，不晶莹。云像深蓝色的天鹅绒，软软的，软软的，铺遍了这无边涯的天。是这样甜美的初夏夜！是这样醉人的夜色！白日的辛苦和疲劳，此刻已飞出了他的肢体，越过了马路上的整齐的列树的软语的枝梢，越过了瘦长的电线木，越过了高高矮矮的砖瓦的屋脊，像一缕柔软的青烟，像一轮淡淡地荡开去的水晕，消失在夜的苍茫里，消失在繁多的灯光与人影里了……仅有一种说不出的非忧郁也非甜密的东西塞满他的心；一只嫩软的白净的手儿握在他粗黑的手里；一阵醉人的脂粉的浓香刺进他鼻管里。

“你说，上那里去呢?”女的偏过了脸，低声问，同时又献给他一个轻倩的微笑。

“随便吧。反正今晚没有事，什么地方都可以跟你去的。”男的冷冷地说。

“那末，我想，还是到我旅馆里去谈谈吧。这许久不见你，真不知道有多少话语要向你倾吐呢。”

“好的好的。”

答应着，又看看身边的女人。看到了一双水汪汪的娇羞的眼睛，两颗三月里的樱桃似的姣艳的笑涡，于是，一种仿佛不能使人相信的记忆，突然地，像一幅浮雕似的，浮上他的脑海了。这四年来，老祖母死去了，父亲也死去了，一切亲戚都断绝音闻了。朋友呢，有的是死了，失踪了，不知下落了，有的是发迹了，显贵了，有钱了。总之，一切都有了变化。然而她，在这四年之中，好像岁月没有经过她身边，依旧似当年一样的年青，美丽，苗条，依旧有着当年的那一种醉人的纯洁。啊啊，身边这女人，难道真就是四年前，自己为她沸过血，做过甜密的梦的婉芬吗?那时候，从会场到会场，从朋友之家到朋友之家，从咖啡店到咖啡店，从宴会到宴会，没有一天没有她伴在身边的。好像他，（而她也一样，）无论那一天都缺少不了她的笑，她的低语，她的爱抚，她的拥抱，她的一切温柔的动作的陶醉的。那时候，像今晚似的夜晚，他们时常躲开了朋友们的厌烦的访问，两人挽着手，踏着繁闹的夜的街巷的泥路，慢慢地，踱到了江滨，离开那聚集着许多纳凉的不相识者的码头，远远地，远远地，并坐在树荫下，江堤上，听听黑黢黢的江水的沈重的夜啸，听听头上绿油油的树叶的软软的低语，听听挨在身边那人儿的心脏的跳跃，一种说不出的甜密塞满在各人的心里。

“芬，唱一只歌给我听吧，要快乐的，不许将苦恼的调子放进去。”

“你唱，唱‘我们的歌’，这不是最雄壮，最合我们的时代的 Tempo 吗？”

于是合着滚滚的长江的流水的雄浑的拍子，一种康健男性的低音，开始起伏在这夜的空间了。接着，在歌声静寂下去的时候，会传来了一种女性的清脆的笑声，赞美声，以及火一般热烈的亲吻的声音。

——啊啊，四年来，一切都起了变化，而这女人，和我分手后，大概也起了剧烈的变动吧？自己呢，倘使在从前，和这样一个女人手挽着手在马路上漫步，心脏将不知怎样怦怦地跳跃呀！现在是，再没有先前那样小市民性的浪漫心情了，再不会颠倒在女人的梦想里了，除了工作，再不会有其他可笑的妄想！他略带感慨的在心里自语着。

“彬，你为什么这样沈默着不说话呀？……”

“我真不知道从何说起了。”

对于这已经失去女性的迷恋狂的暗示，不知怎的，被女的误会了他的意思，以为久别之后重逢到先前的情人，他心里是充满了沸腾的血，说不出的欢愉，剧烈的震动，因为无从形容他所感到的一切，所以反而只好以沈默来表示了。得意之余禁不住脸上浮出了欢乐的光辉，女的更紧紧地紧握着他的手儿。

二

在亚细亚饭店五层楼的一间精致的小房间里坐下之后，女的向他飘送了一个春花般媚人的软笑，接着，便弯进更衣室里去了。

他一个人寂寞地躺在一张沙发上，笼罩在蓝色的电灯光里，如同浴在海洋的暖水里。因为眼光没有地方放，便左左右右随便看看房间里面的陈设；但映进眼帘里来的，是华丽到使他起了一种不习惯的感觉：桃花心木的半截床，高大的著衣镜，沙发，安乐椅，镌刻着细致的花纹的梳装台，红木的方桌，长背的也是红木的椅子……还有，铺在砑光的橘色地板上的波斯地毯，半掩在窗上的贵重的丝织物的窗帘，装在方框子里的宗教画和风景画……一切东西都喷发着一种使人反感的奢华的气味。不知怎的，这时在彬生心里忽然涌起了一种惶惑的，也许是痛苦的心情，觉得住在这房间里决不会是当年的天真的婉芬，而自己也显然已不是四年前的彬生了。像自己这样忙碌于工作的人，今晚居然会跟了一个娇贵的摩登女郎闯到这样阔气的旅馆里来话旧，且不说这种行动太浪漫，太可笑，就是单拿这里的空气来衡量自己现在的心境，也显然可以看出其间的不适合，不调和，那又何苦勉强坐下来跟她扮一黄昏傀儡戏呢？

于是，那陈设在他四周围的东西，忽然间，全膨涨起来，东一件西一件的挤满了房间，使他难于呼吸了。他痛苦地从沙发上站起身，蹀躞着，以憎恶的目光看看墙上的画片，飘动在窗扉上的暗绿色的窗帏，浅笑在高脚瓶里的绯红的蔷薇……他很想将这一切全拿来撕个粉碎。

他又想即刻离开这房间，觉得走了一切都结束了，但同时，他又觉得有向她告别的必要，否则太对不起邀他的一番好意了，于是又懊恼地坐下在沙发上。

但是，当她换上一件绿纱的雾似的薄薄的坎肩，摆动着两只雪藕般白嫩的手臂，桃红色的腮颊上衬着笑，绿纱下跳跃着一对山兔似的乳房，跑似的，跳似的，蹬蹬地急响着高跟鞋迅速地移近他身边的时候，像逢见一个惊人的奇迹，他又迷失在另一种感情里面了。

擦过粉，新搽上胭脂，她更显得像一个富有魔力的风韵的少妇。没有一点踌躇，也没有丝毫忸怩或羞怯，贴着他身边她坐下了。微微地抬起头，含着笑，稍稍露开了一点猩红的嘴唇，好像等待他去亲吻的样子。

不比在马路上，虽然挽着手，并着肩在一块儿漫步，却没有拿闪闪的目光去逼视她的勇气，此刻是，在强烈的灯光下，她全部的身体可以让你尽量瞧，瞧个满足，瞧个饱。是的，她是变化了，她决不再是当年的婉芬了。她的目光已是水蛇似的妖冶，她的微笑恰像一朵招引蜂蝶的春花似的娇，她的眉毛是描到了这样弯，又这样匀整，如同三月柳梢上的嫩叶贴在她额上，她的肉，已没有先前的枯黄的贫血的颜色，是肥嫩到，洁白到，如同浸在晨光的温柔里的山茶花一般了。从她身上，可以闻到一个摩登女郎所有的粉香，肉香，可以闻到那些沈溺在贵族环境里的幸福女人的青春的气息。被她那半裸体的肉的颜色诱惑着，被她那贵族妇人所特有的风骚，的妖艳，的魔力笼罩住，他刚才决定立即向她告别的坚决的意志有点动摇起来了。

“对的，她是从一个小市民性的女性的模型变成一个贵族妇人的模型了！对的，我是再不会迷恋她，其实是再不会有这样空闲的时间和这样可笑的浪漫心情去迷恋任何一个女人了！大家都已经从梦境中醒来，各人各走各的路，她是走进了沙龙（Saloon），我是走进了地下室。

“不过根据她今晚的表情，却可以证明她对于自己并没有完全忘记：她向我笑，向我献殷勤，向我表示相逢的快乐，向我做出种种妩媚的样子，虽然拿我的蹩脚西装和她那华贵的衣裳相比，在一个贵妇人的眼光中是应该感到讨厌的。当然，将初恋的印象永远珍重地保留在记忆里，在她也许是一种无聊的娱乐，消遣的办法。这自是很可能的事情。但是，我既没有想和她重叙当年的浪漫史的那一种可笑的痴，同时像今晚似的空闲的黄昏又是一年之中不容易碰到几个的难得的机会，那我又何不拿她当作一个女人，一个富于肉的诱惑的女人，来和她开一个暂时的玩笑。这是于双方都无有损失的事情。”

这思想，作为一把大蒲扇似的东西，赶散他刚才的一切苦恼，疑虑了。他觉得刚才对于她的那一种关念全可笑，他觉得她是不是当年的婉芬于自己全无关系，他觉得倘使现在突然跑开了，这情形，对方理解不理解倒不管它，只是太显得自己还残留着浓厚的小市民性，那种小市民才有的封建道德上的傻气。

心定了。在电灯光下看看挨在身边的女人，正像一杯意大利红酒，它的颜色，它的香，它那一种使人心摇神惑的说不清的诱惑，逼得你急于想举起杯来，一口喝个干净，才心里舒服似的。他禁不住拉过了她的手儿，搁在自己膝上，轻轻地摩抚着，脸上露出了笑容，这当然不是属于当年的那一种笼罩在青年人的糊涂的梦里所谓“心灵的颤动”的微笑，而是感到或种满足的表示了。

但女的，看到他的笑，不觉回到四年以前那个时代去了。一朵甜密的花开放在她心窝里，一种急促的呼吸起伏在她胸膛里，眉梢，眼角，都似乎浮出一种幸福的光辉，正似当年一样，她快要酩酊地醉在爱人的怀抱里了。她羞怯怯地举起一对爱娇的眸子，像两道清泉似的，穿过空间，向他面上涌过去。

“你觉得我四年来有什么改变吗？”

“你吗，变得更美丽，更骄傲了。”他笑嘻嘻地说。

“瞎说！我自己知道，我是变得更丑，更庸俗了。怕你再不会像那时的喜欢我吧。”她显得像撒娇，又像认真的样子。

“不喜欢吗？谁还跟你到这里来！你真像一只孔雀呢。你想，看到孔雀谁不喜欢呢？”于是抚摩那搁在他膝上的白蜡塑成似的手儿，装出一副玩皮的样子。

“呸！你在跟我开玩笑了。”她缩回手儿，带嗔地说。但接着又噗的一声笑出来了。这时，她忽然感到一个流亡到天涯地角，一去无消息的爱人，已从那冰天雪地的火线战壕里回到自己身边了。一种强烈的欲望缠住她，她急于要想知道他这四年来的伟大的流浪生活的底细。

“此刻，告诉我，说给我听，彬，这四年来你干了些什么事情?”说着，女的拿她那掩在浓密的黑发里的脸庞儿，慵慵地斜靠到他肩上去。

一种说不清的，然而荡人心魄的香气，从她卷曲的发上，透进了他的鼻管里。

但他并没有冲动，更没有神魂颠倒，只冷静地说：

“这四年我都在糊涂中过去，说出来你也不会相信的。”

“你说吧。”但她心里却好像看透了他的底细，这样想，你不说我也知道的呢；于是在她眼前幻出一个寂寞地奋斗着的英雄的姿态。

他随口编了个谎，说：

“说吗，那就告诉你，前年去年都在一个日本人的洋行里当小伙计，近来是失业了好几个月了。”

接着，他心头还涌起了一个小小的感慨：

——啊啊，远了，旧日的一切都离我远了！时代不仅划分了昨日和今日，甚至也隔离了相爱的男女们的情热与真诚！

而女的，却并无感慨，只觉得他真刁滑，居然想在自己面前玩把戏了。她不响，只拿眼光逼住他，看他真话说也不说。

“那你呢？看你住着这样阔气的房间，想必一定有了可以骄人的惊人的生活罢?”他含了略带讥刺的口吻反问她。

“我吗?”从他肩上昂起了头儿，面上的表情忽然由爱娇而变成严肃，眼光也从他身上移到橘色的镶木地板了。她略一踌躇，接着说，“可以告诉你的。同时，望你能够了解我，同情我。彬，听我说，并不是为了虚荣，也不为了享乐，而是为了黎明的到来太渺茫，我已没有先前的勇气与耐性，等待我们的世界的实现了。彬，自从那年和你分手后，我苦闷，彷徨，悲哀。但是最后的决定还是堕落。真的，现在我是堕落了，我已做了一个阔人的太太……”说到这里，她突然停住话，痛苦地沈思着，呆了好一忽儿，接着又说：“听我亲口说出了这样的话，你，一定感到很大的惊讶罢?我是真的，堕落了。现在我会笑，我会撒娇，我会在一切无耻的人们中间，像煞有介事地周旋。但我……请你相信，我的灵魂仍然是纯洁的，我仍旧感到痛苦和不安。……这回在南京住腻了，想来上海玩几天，那知会无意中遇见了你……”

对于婉芬已经变成一个阔人的太太的事实，全不如他所忆想，在他心中并没有引起或种惊讶的感情。好像他是早已知道这回事，好像向他说话的并不是曾经和他有过接吻，有过拥抱，有过怪肉麻的山誓海盟的婉芬。他略带滑稽的情趣这样想，本来早就要走的，所以还留在这里，并不是在等待你的牢骚，等到你的感情的发泄呀，而是想舐一舐你那罂粟花似的殷红的嘴唇，醉一醉你的粉香和肉香。这你可明白？别要认错了，以为我是跟你来话旧情的，我的目的是顶简单的，不过如此而已。

于是在这女人身上，拿他的颤动的嘴唇亲上去了。这男人，近四年来，被穷和繁忙的工作剥夺尽了一切性的享受的，此刻突然遇到这样便当的机会，禁不住全身的血液全奔到他嘴唇上，好像要突出了薄薄的皮肤的包围，染似的，拿血的鲜红去涂遍她的白而柔软的手臂。

但是他的紧张又突然弛缓下来了，因为听到她在这样问：

“你近来还参加工作吗？看看你的样子，头发这样长，西装又这样破旧，这样不称身，十足的正像那样一个人物呢。”

虽说没有像遇到侦探的盘问似的感到吃惊，但他刚才的炽热的情焰却被浇熄了。离开她的白手臂，抬起头，像痴，又像失去心的平衡，这样呆过了半分钟。接着，他又恢复了镇静，打开喉咙，故意用一种似开玩笑的口吻，勉强含笑说：

“久别重逢，除了风月，今晚莫谈国家大事。”

“偏不依，偏要谈呢。你知道这四年来我是多么想念你？今晚一旦遇到了，为什么不让我知道一些你的生活情形呢？而且，让我知道了于你有什么妨碍？”

“那我不是刚才已经对你说过，我是一个落魄潦倒的失业的小行员!”

听到他还是这样固执地不肯认账，她真有点气愤和伤心了。为什么自己的真挚的关怀一点不被他理解呢?于是满腔幽怨的牢骚不禁涌上她的心头。

“不相信！你在欺骗我！彬，我会被你这样不信任，真使我多难过，多伤心？四年不见，我们难道真会隔离到了这个地步吗?”

男的打开了暗绿色窗帏，以手肘支撑在窗槛上，托着头儿，独个儿出神地站住那里。但是，虽然俯伏在窗口，像在眺望夜的都市的幽静的景色的样子，而实际上，那闯进他视界里来的高高矮矮的鱼麟似地排列着的瓦屋，那星火似的零乱地散布在屋与屋，树梢与树梢之间的电灯，那瘦得像笔杆似的直立在窗下的疏疏的电线木，和那奔进他耳朵里来的隆隆的电车声，呜呜的汽车声，杂乱的叫喧声，以及不知从何处飘来的苍凉的音乐声，他却全不觉得。他只看见眼前躺着一个泪人儿似的女性。他看见，这女的，在起了痉挛的紧涨之后所遗留下来的苦痛的表情，像一阵风雨之后残余在树梢上的水滴，依旧隐约在她脸庞上。他看见，她躺在沙发上，痴一般的凝视着裱有水绿色的德国花纸的壁墙，接着又移到天花板上，于是目光就呆在那儿不转动了。他知道，这女人，有一种受欺骗，甚至类似受侮辱的委屈的感情，无从描写也无从形容的，只有她自己痛切地感受到，像蛇一般的，蜿蜒在她心头。

“啊啊，婉芬，我是理解你的心境的。你想在官僚社会里麻醉你自己，而终于又感到了寂寞。今晚遇到你旧日的爱人，你想拿你寂寞了四年的心献给他，让他用旧日温柔的呼吸来医治它的创伤，同时你也想取得他的心，整个的心，来满足你的幻想的安慰。但是，你要明白，我们的队伍里现在已不需要，也不能信托像你这样感伤的人，而我也早已变成一个失去了当年那种农村青年的朴实的心情，失去了爱人和被爱的资格的人了！”他向窗外茫然地叹息着，心里感到无边的荒凉，也感到了无边的烦燥，同时又忘记不了刚才的情景。

正是两人紧紧地拥在沙发上，火焰奔腾在各人的心头，微笑凝在各人的唇上，狂热到快要溶成一体的时候。女的忽然又提了出问题：

“彬，你真的还爱我吗？”

糊涂在兴奋中，失去了平日的冷静的彬生，这时毫不踌躇地回答：

“自然爱你的。芬，让我在你的两臂间沉溺了我的身体吧。”

女的回答他一个笑，一个吻，一种满足的表情。

“你知道，我今晚拿了整个心，整个的灵魂，将我的一切全献给了你吗？”女的认真地又热情地问。

“我不是也给了你同样的酬报吗?”

“是的，我承认你也爱我的。但我终觉得你没有我给你的多，完全，你掩去了一角不让我看到。”回忆到他刚才支吾的情形，虽然身体是焚在他的炽热的情焰里，她无法不感到一种不说出的缺陷。

“我有什么隐瞒了你呢?”男的多少有点意识到了。

“呸!你刚才也就诳了我，说你变成了一个什么小行员!”她扮了一个歪脸，表示她并没有真受骗。

“芬，莫再怀疑我好么?这话是真的。”

“真的吗?”略带嘲笑的口气问。

“真的。”男的肯定地说，故意加重了语气。

“你这话真没有诳我吗?”

“谁诳你来?”

“我总信不过你的话。”

“芬，那我可以在你怀里宣誓，我今晚决没有半个字诳过我的芬!”接着在她唇边送上了一个热烈的吻，好像要借此来驱散她的疑团的样子。

“我总还是不相信，刚才我问你的时候，你的神气，举动，不是都显得很局促吗?”女的这回是疑信参半地问。

“芬，让我告诉你，这是有理由的。我脱离政治生活已有四年之久了，一旦突然听到你这样问，不是会令人感到惊愕么?尤其是，在这个年头。而且你刚才问话的口吻又那样固执，我说我是一个落魄潦倒的失业的小行员，而你又偏不肯相信，这真叫我不知怎样回答才好了。”

他的口才，自己知道，别人也知道，是再笨拙没有的，但此刻，居然变成了这样流畅，一篇谎话居然编得这样圆滑，真连说话的人自己感到惊讶了。他觉得，用了这么诚恳，又这么忠实的口吻来掩瞒她，大约总能够将这女人的疑惑镇压下去吧。

那知听到这番话，女的两臂忽然软下来了。他很奇怪，举起眼睛看看她时，两道汪汪的泪水打湿了她的胭脂，淌满了两个美艳的腮颊。她刚才的欢笑，爱娇，温柔，和一切迷人的动作，此刻全不见了影子。只见得是冰冷的，凄凉的。她蹙着眉峰，低垂着眼睛，紧闭着嘴唇，无力地垂着两臂，面色也突然变成了很苍白，显然的，有一种无限哀怨交织成的伤心笼罩在她脸上了。她一句话也不说，身子软得要倒下来的样子。

这突如其来的变化，使他感到惶恐，感到窘，不知所措的呆住在那里了。没有一点根据可以推测这女人的眼泪的来源，她那刹那间的突变使旁人无法去摸捉到一句安慰她的话。

“芬，我不懂你为什么伤心到这田地，难道我刚才有什么话触犯了你的自尊心吗？”

“你走罢！你走罢！”她推开他，咽着眼泪站起身来，拖着疲弱的无力的足步，走近另一张沙发旁，颓然地独个儿倒在那里了。

一个英雄的幻象破灭了。她感到无限的空虚。正像一个孩子拆穿一面万花镜，证实千变万化的神秘的美丽只不过是些可怜的碎纸时所感到的说不出的失望，她刚才的兴奋全瓦解了。

“天哪，倒底怎么一回事呀?”他自语着，同时又瞪着眼珠，发痴似地望望她。在他心里，盘旋着那平时潜伏在他冷静的理性下的复杂的同情心，好奇心，逼得他只好也站起身来了。

但女的，却不让他走近去，伸出手臂挡住他。

“你走吧！我不需要你再在这里!”

真是弄成一个僵局了。走过去，必然要碰到一个无趣味的钉子；离开她么，先前是很有理由的，现在当然也没有什么不可以，不过总觉得，就是没有方法安慰她，至少也要问个明白才好意思走出去。

他两手插在裤袋里，目光时而望望天花板，时而沉在镶木地板上，连望望她的勇气也消失了，只无意思地在一个小小范围内的地板上反覆地蹀躞着。

“芬，我可以即刻走的；但你必须告诉我，你到底为什么一定要叫我离开呢?”过了一忽，他忽然走近她身前，这样问。

女的抬起了泪水模糊的，绯红地充满了血也充满了幽怨的眼睛，带了一种说不出的轻蔑，淡然地射在他脸上。他不禁感到一种可怕的寒颤，流过他的骨脊。

“为什么叫你走吗？这理由很简单，你自己也应该知道，你实在太使我失望了。”像在责备他，但她的每一个声音又都含有一种幻灭的悲哀。

听到这话，觉得全出于意料外，茫茫然，简直一点懂不得她的意思，于是他再问道：

“我真的不知道，我有什么使你感到了失望呢？”

女的不作声，只拿一块淡黄色的手绢，拭拭那停在她腮颊，停在她眼角，停在她细细的睫毛上的泪珠；再透了一口长长的吸呼，像要从喉咙下面，扯出无限的怨气来。于是，她无力地摇摇头，表示出一种不胜悲切的样子。

在默思似的呆了一忽儿之后，眼泪又淌下来了，但她又拿手绢去拭干它。后来，经过他屡次的催问：她才迸着眼泪，用一种颤抖的声音和他说：

“彬，这是我最后的一次这样称呼你了。在先前，虽然见不到你，不知道你的行踪，但你的声音笑貌，是永远锁在我心里的。你是我感到悲苦时的一服最有效的镇痛剂。你知道，我在南京，虽然物质上的享受不使我感到丝毫的不满足，但我的灵魂是孤寂的。我的丈夫是一个只知道应酬，只知道成天奔走于权贵的厅堂的鲁男子。他不懂得这时代和爱情的享受。虽然有时他也带了我去参加那些盛大的跳舞会和宴会，带了我去和那些权贵们和权贵们的太太小姐们会面，但是，这个你总知道，我和她们是谈不上的。她们只知道吃得讲究，穿得漂亮，她们是不懂得人生的真意义的。所以就是这样，也没有给我丝毫的快乐，只更其增加我的伤心，我觉得，他的带我去，只是拿我去做一个装饰品罢了。在高大的洋房里我感到非常寂寞。寂寞啊，我几乎哭出来了。是在这样寂寞的包围中，我就时常想起你，想起你所给我的热烈的甜密的初恋的礼物。于是我就再也放不下你了。但我又没有方法可以见到你。我只能暗地里祈祷着，祝福你，没有落在敌人的毒手里，祝福你，康健，勇敢，百折不回的前进。因为我相信，自己虽然堕落了，你是决不会像我的，我知道，你有你的坚决的意志。当然，我自己很明白，我是最软弱的，我明知道那个社会的龌龊，我仍旧没有勇气离开它；我深恐离开了之后，自己会吃不了苦，受不了经济的压迫，反而弄得比现在更糟。但我想，自己虽然在时代的暴风雨里跌倒了，然而掮起这暴风雨来的不就是我从前的爱人和我爱人同样艰苦地工作着的那些伟大的工作者吗？这样一想时，就有这勇气正视自己被辗死在巨轮下了……。”说到了这里，一腔说不出的辛酸涌起她心头，她又重新浸在泪水里了；但她还是勉强振作着精神说下去：“今晚无意中遇见你，那时，真是又快乐，又悲凉，你知道，那时我的心脏真是多么剧烈地跳动啊！我看看你的憔悴的颜色，看看你的破旧的西装，看看你的沈默的态度，我觉得你真是一个在贫穷和繁忙里，默默地挑着时代的重担挣扎着前进的我理想的爱人！我不怕你对于我的堕落会发生反感，我终于留你到旅馆里，我终于告白了我的身世。我希望，你会给我力，给我鼓励。给我勇气。那知你……比我更堕落了！比我更堕落了！……我虽然混在官僚社会里，但我心并没有死呀，我的眼睛仍旧遥望那辽远的明朝的。而你，却变成一个无耻的，我说，无耻的小商人，你怕人家提到你是工作者了，……现在，我不需要一个小商人的卑鄙的爱情，你出去吧，我不愿意见你再在这里……”

咽着眼泪说完话，她竟高声号淘的大哭起来了，他呢，也同样地被卷入这一幕喜剧的漩涡里。好像被击袭似的，他那沈静了多年的理性受到感情的激动了。他觉得眼前这女人，真是一匹受难在暴风雨里的可怜的小羔羊。自己没有前进的勇气，却希望爱人不像她，成为一个冲锋杀敌的战士，这是一种多么颓废的，也是多么典型的知识份子的心境呀！安慰她吗？只有将自己这四年的经过坦白地告诉她。但是，像她那样一个不中用的同路人，你何必啰啰嗦嗦地向她说那一套话呢？而且，解释了她的误会，获得了她的了解，又于你有什么帮助呢？至多，不过得到了她那真挚的爱情而已。但是，所谓爱，这不是很明白，你现在不需要它，同时客观上，你也没有时间去接受像她那样奢侈的爱情吗？……在反覆的沈思里，他走近窗畔去，呆呆地靠在那里了。

凉爽的夜风从辽远的郊外飘进都市来，爬过那马路上的列树的枝梢，扑近窗畔，在轻轻地摩抚着她的蓬乱的头发。但夜风，并吹不散他那烦乱的心绪，更无法扑灭他那一种无边苍凉的感觉。他看到一个牡丹花似的娇傲的贵妇人，凋零在一个风雨之夜了。此后，她将再不会有半分幸福的幻想，她已失去她的最后的寄托了。一定的，在自己离开这房间之后，她将拿浓烈的酒精来毁坏她的健康吧，或者以狂笑，狂歌，狂哭来麻痹她的痛苦吧！……但他又有什么办法呢？单是同情她那寂寞的悲哀于她既没有丝毫的帮助，然而要他现在再重新去向她解释这四年来的经过并没有使她失望，那他一定要经过许多说不尽的麻烦和困难和苦口的劝诱的，而且像她那样一个脆弱的，感伤的妇人，一个悲惨的印象既已留下在她脑海里，也许任你说穿了唇皮，她还是将你的话当作一种虚伪的安慰，在她的眼光里你还是一个为她所瞧不起的无耻的小商人而她的理想中的英雄的幻灭的悲哀也还是没有方法可以挽回的。即使这一切都不管它，但是像他那样一个笨于口才的人，在这样严重的情形下，叫他拿一句什么话去开始，去逗她开口呢？

各人都说不出话来，让沈默笼罩着。只有凄惨的呜咽颤动在房内的蓝色的空气里，和几声曼长的叹息消散在窗外的幽暗的夜色里。

是在这样紧涨的氛围气里，时间却悄悄地逝去了……

后来，那沙发上的哭声终于慢慢地由号淘变成嘤嘤的细泣，而他的心境也终于慢慢的由复杂而单纯，由紊乱而平静了。好像另有一种力奔进他身内，将他从糊涂中救出来，同时还击死了那个盘据在他心里的狰狞的怪兽——他的冲突。于是，如从昏醉中清醒过来，他觉得刚才那种矛盾的心境真是全可笑了。他觉得，这不是很明白，像她那样一个不敢向前进，又不愿意向后退的徘徊岐路的女性，像她那样一个在无可奈何之中想拿英雄的梦想来填补自己的空虚的女性，在这年头，迟早会有幻灭的一天的。让她拿悲哀作为她的娇贵的尸衣，伴着她的生命一同走进坟墓里去吧。别人是，不会有，也不该有，这样闲暇的心情，会拿什么同情来顾怜到一个知识份子的女性的幻灭的。

这样一想时，他发现自己再没有勇气留恋在这里了，再没有勇气在这里继续扮演这滑稽的悲剧了。说到安慰她吗？这不是很明白，此刻已成为麻烦而又不必要的，同时事实上也决不会有效果的。

他透了一口气，将刚才的苦恼全吐散在寒凉的夜气中。于是他从窗边回过头来了。看看沙发上的女人还在呜咽地啼泣着，面上的脂粉已零落到不堪一瞥的地步，正像一朵雨后的残花。

“再见！”他枯燥地说。

她没有答腔，也没有抬起头来。

但是，当他跨出房门之后，那哭声又突然凄厉起来。这一回，却没有给他或种不安的刺激或骚扰。他没有回过头来，迅速地走下楼梯去了。

图书在版编目（CIP）数据

剪影集 / 篷子著. — 北京：中国国际广播出版社，2013.1

（良友文学丛书）

ISBN 978-7-5078-3549-6

Ⅰ. ①剪… Ⅱ. ①篷… Ⅲ. ①短篇小说—小说集—中国—当代 Ⅳ. ①I247.7

中国版本图书馆CIP数据核字（2012）第265722号

剪 影 集

著　　者	篷　子
责任编辑	张娟平
版式设计	国广设计室
责任校对	徐秀英
出版发行	中国国际广播出版社（83139469　83139489[传真]）
社　　址	北京复兴门外大街2号（国家广电总局内）
	邮编：100866
网　　址	www.chirp.com.cn
经　　销	新华书店
印　　刷	环球印刷（北京）有限公司
开　　本	620×920　1/16
字　　数	85千字
印　　张	11
版　　次	2013年1月 北京第一版
印　　次	2013年1月 第一次印刷
书　　号	ISBN 978-7-5078-3549-6/I・375
定　　价	36.00元

CRI 中国国际广播出版社

欢迎关注本社新浪官方微博

官方网站 www.chirp.cn

人文阅读与收藏·良友文学丛书

(1)	鲁　迅　编译	竖　琴
(2)	何家槐　著	暧　昧
(3)	巴　金　著	雨
(4)	鲁　迅　编译	一天的工作
(5)	张天翼　著	一　年
(6)	篷　子　著	剪影集
(7)	丁　玲　著	母　亲
(8)	老　舍　著	离　婚
(9)	施蛰存　著	善女人行品
(10)	沈从文　著	记丁玲
	沈从文　著	记丁玲续集
(11)	老　舍　著	赶　集
(12)	陈　铨　著	革命的前一幕
(13)	张天翼　著	移　行
(14)	郑振铎　著	欧行日记
(15)	靳　以　著	虫　蚀
(16)	茅　盾　著	话匣子
(17)	巴　金　著	电
(18)	侍　桁　著	参差集
(19)	丰子恺　著	车箱社会
(20)	凌叔华　著	小哥儿俩
(21)	沈起予　著	残　碑
(22)	巴　金　著	雾
(23)	周作人　著	苦竹杂记　（暂缺）